Premier rendez-vous

J'AI LU

R.L. STINE

R.L. Stine est né en 1943, à Bexley, dans la banlieue de Columbus, Ohio. Fils aîné d'une famille modeste, il découvre une vieille machine dans son grenier et décide d'écrire son premier recueil d'histoires drôles. Diplômé de l'université d'Ohio, il part en 1967 pour New York dans l'espoir de s'y voir consacrer écrivain. Il sera d'abord rédacteur en chef du magazine humoristique pour enfants Bananas. *Un an plus tard, il y rencontre sa femme, Jane, avec qui il aura un fils, Matt.*

Il décide alors de se lancer dans un genre nouveau : les livres d'épouvante pour les jeunes. Il connaît un énorme succès et chacun de ses livres est un best-seller. Quand on lui demande d'où lui viennent ses idées, il répond s'inspirer du mode de vie et du langage de son fils, auxquels il mêle les frayeurs du petit garçon qu'il était. Il vit depuis plus de vingt ans à Manhattan où il écrit tous les jours dans son appartement près de Central Park.

R.L. Stine

Premier rendez-vous

Traduit de l'américain
par Maud Godoc

Éditions J'ai lu

Titre original :
FEAR STREET® – FIRST DATE
This edition published by arrangement with the original publisher, Archway Paperback, published by Pocket Books, a division of Simon & Schuster Inc., New York
FEAR STREET is a trademark of Parachute Press

1

— Avec cette buée, on ne voit plus rien à travers les vitres et personne ne peut nous voir non plus, dit la fille en se blottissant contre son épaule. C'est comme si on était seuls au monde, rien que toi et moi.

Il lui sourit et la serra contre lui. Puis il l'embrassa. Elle ferma les yeux. Lui garda les siens grands ouverts, rivés sur le pare-brise embué.

Il fait une chaleur à crever dans cette bagnole, songea-t-il en embrassant à nouveau la fille.

Elle pencha la tête en arrière avec un sourire enjôleur.

— Joe...

Il fixait obstinément le pare-brise, imaginant la nuit à l'extérieur, l'herbe haute et humide, les silhouettes sombres des arbres.

J'étouffe. J'ai besoin d'air.

Avec un soupir langoureux, la fille nicha son visage contre son blouson de cuir. Ses cheveux avaient un parfum d'orange. Il avait encore le goût infâme de son rouge à lèvres dans la bouche.

Comment s'appelait-elle déjà ?

Tout en la serrant entre ses bras, il s'efforça de se rappeler son nom.

Candy. Oui, c'était ça.

C'est dingue comme il y a de la buée. Je me sens comme... dans une prison.

— Je n'étais encore jamais montée jusqu'ici avec un garçon, dit-elle en passant ses bras autour de son cou.

Cette fille m'étouffe! Je vais crever dans cette bagnole!

Pourquoi y avait-il autant de buée?

Il glissa une main vers la portière et commença à baisser la vitre, mais Candy lui agrippa le bras.

— Arrête, on pourrait nous voir.

— Qu'est-ce que tu racontes? À part nous, il n'y a personne ici. On a de la chance. Pas une seule autre voiture.

Il inspira une longue goulée d'air frais, puis remonta la vitre. Il eut le temps d'apercevoir un croissant de lune pâlot, juste au-dessus des arbres.

— Tu me plais, Joe, murmura Candy.

— Toi aussi, tu me plais, répondit-il sans conviction.

Aussitôt, il regretta de ne pas avoir paru plus sincère. Il l'embrassa sur l'oreille.

Je dégouline, réalisa-t-il avec effarement. En plein mois d'octobre. Cette fille est en train de m'étouffer!

— J'aime les cheveux noirs bouclés comme les tiens, continua Candy en l'ébouriffant.

Je déteste qu'on me tripote les cheveux, songea-t-il avec répulsion. Maman aussi avait l'habitude de me tripoter les cheveux.

— Viens, on va faire un tour, bougonna-t-il, tendant la main vers la poignée de la portière.

— Tu crois que l'endroit est sûr ? l'arrêta Candy, le regard brillant d'excitation.

Il haussa les épaules.

— J'en sais rien. Je ne connais pas bien le coin, moi non plus.

Le belvédère de Rainier's Point était le lieu de rendez-vous favori des amoureux de Central High. On y arrivait par une route étroite qui serpentait à travers des bois épais. Elle débouchait sur une clairière qui descendait en pente douce jusqu'au bord d'une falaise. Tout était silencieux, à l'exception du murmure du vent dans les feuillages.

— Viens, insista-t-il en lui pressant la main. N'aie pas peur, je te protégerai.

Candy pouffa de rire.

Il ouvrit la portière et le plafonnier les inonda d'une lumière jaune agressive.

— Attends, Joe, dit-elle en se baissant. Tu as laissé tomber ton portefeuille.

— Oh, merci.

Il tendit la main pour le récupérer.

Le portefeuille s'était ouvert. Il vit les yeux de Candy s'écarquiller devant son permis de conduire.

— Joe ?

Elle leva vers lui un regard interrogateur.

Voilà, nous y sommes, songea-t-il, le cœur battant à cent à l'heure.

Elle examina à nouveau le permis avec un froncement de sourcils.

— Tu m'avais dit que tu t'appelais Joe Hodge. Mais sur ton permis, c'est écrit Lonnie Mayes.

— C'est le permis d'un copain.

Je ne peux plus respirer. Je suffoque. La portière est ouverte et pourtant j'étouffe. Ne m'étouffe pas, Candy. Je te préviens, arrête!

Elle rejeta ses longs cheveux bruns derrière ses épaules, troublée.

— C'est pourtant ta photo, insista-t-elle en lui montrant le permis.

Il soupira.

Quel dommage! Pourquoi veut-elle m'étouffer? Pourquoi est-ce qu'elle m'accuse?

— J'ai perdu mon permis, répondit-il en lui prenant le portefeuille des mains. Alors en attendant, je me sers de celui-ci. C'est un copain qui me le prête.

Il le glissa dans la poche intérieure de son blouson.

— Donc tu es vraiment Joe Hodge et pas Lonnie Mayes? demanda Candy, le front plissé.

Quel dommage!

Il ouvrit la portière et descendit de voiture. Il s'étira de tout son long, les mains dans les poches de son blouson. Puis il respira à fond et se pencha vers Candy avec un sourire rassurant.

— Bon, on la fait, cette balade? Rien qu'une petite. C'est si beau ici. Et il n'y a personne ce soir. Personne à des kilomètres.

Personne à des kilomètres, se répéta-t-il, les

neurones en ébullition, les muscles tendus comme ceux d'un fauve prêt à bondir.

Candy descendit de la voiture et referma la portière. Le plafonnier s'éteignit. Ils se retrouvèrent dans le noir.

À grands pas décidés, il traversa la prairie et gagna le bord de la falaise. La rosée mouillait ses baskets et le bas de son jean. Il regarda en contrebas et ne distingua rien d'autre qu'un gouffre insondable.

Candy le rejoignit et glissa une main dans la sienne. Il sentit ses doigts chauds et moites contre sa paume. Elle risqua un regard apeuré dans le vide.

— Et si on remontait ? demanda-t-elle d'une petite voix. Cet endroit me donne le vertige.

— Comme tu veux.

Il l'entraîna vers les arbres à pas lents sans lui lâcher la main un seul instant.

— Tu as quel âge ? demanda-t-elle à brûle-pourpoint.

— Dix-sept ans.

Il en avait vingt.

— Comment se fait-il que tu aies perdu ton permis ? On te l'a retiré ? Tu as provoqué un accident ?

L'accident, c'est toi qui vas l'avoir, se dit-il. Un accident fatal.

Si seulement tu n'avais pas essayé de m'étouffer. Si seulement tes cheveux n'avaient pas la même couleur que les siens.

— Non, je l'ai juste égaré. C'est aussi bête que ça.

Il passa un bras autour de ses épaules et l'attira contre lui.

— Tu me plais vraiment beaucoup, tu sais, Candy, lui chuchota-t-il à l'oreille comme ils atteignaient la lisière du bois.

Il sentit à nouveau ces effluves d'orange dans ses cheveux. Quel dommage, songea-t-il, tandis qu'ils s'enfonçaient dans le sous-bois.

Quelques minutes plus tard, il regagna la voiture sans se presser. Il était très calme. Et seul. Son cœur galopait dans sa poitrine, mais il se sentait sur un petit nuage. Ça avait été un jeu d'enfant.

Il remonta la fermeture à glissière de son blouson de cuir, puis se glissa derrière le volant. La voiture démarra au quart de tour. Il enclencha le dégivrage automatique. Un jet puissant d'air froid et sec lui fouetta le visage. Il éclata de rire. Un rire insouciant. Un rire de délivrance.

Sur le pare-brise, la buée commença à se dissiper.

— T'as été trop curieuse, dommage pour toi ! s'exclama-t-il en riant de plus belle.

La petite Candy n'avait pas fait de vieux os. C'était la première fois qu'ils sortaient ensemble.

Il n'avait pas prévu de la liquider dès le premier soir. Cette fille lui plaisait. Sérieux. Elle n'était pas comme les autres. À part les cheveux. Ses longs cheveux châtain foncé.

Elle l'avait pris par surprise. Pourquoi avait-il fallu qu'elle rejette ses cheveux en arrière comme ça ? Pourquoi avait-il fallu qu'elle tombe sur son permis ? Pourquoi avait-elle posé toutes ces questions débiles ? Il n'avait pas eu le choix.

Mais à quoi bon repenser à tout ça ? Maintenant qu'elle était morte, il n'avait plus rien à craindre. Le temps qu'on retrouve son corps, il serait loin.

Le pare-brise était désembué. Il alluma les phares et regagna la route en marche arrière.

Direction une autre ville.

Le scénario était immuable. Tôt ou tard, il devait partir. Ça ne lui plaisait pas vraiment, mais il n'avait pas le choix.

Qu'est-ce qu'il y pouvait si tant de filles ressemblaient à l'autre ? Et pourquoi fallait-il toujours qu'elles posent toutes ces questions ? Qu'elles l'étouffent ?

Il mit le point mort, puis ouvrit la boîte à gants. Sa main ne tremblait pas. Bon signe. L'insupportable oppression avait disparu.

Il alluma le plafonnier, sortit la carte routière de la boîte à gants et la déplia avec soin. Il la parcourut d'un regard fébrile. Son regard s'arrêta sur sa prochaine étape.

Shadyside.

Il le répéta plusieurs fois dans sa tête. *Shadyside*. Hum, pas mal ce nom. Il avait un petit côté morbide qui lui plaisait plutôt.

Il rangea la carte usée et froissée, éteignit le plafonnier et démarra en trombe dans la nuit froide et silencieuse.

Il fredonnait gaiement.

2

Chelsea Richards souffla rageusement dans son saxophone et lâcha l'embout d'un air écœuré.

— Je déteste ma vie, dit-elle d'un ton sinistre.

Assise sur le canapé du salon, sa mère lui lança un regard noir par-dessus son journal.

— Tu ne vas pas recommencer. Je ne suis pas d'humeur à entendre tes jérémiades.

Chelsea reprit ses exercices de doigté sans enthousiasme. Au bout de trois secondes, elle s'arrêta.

— Parfois, j'ai l'impression de ne pas faire vraiment partie de cette famille, se plaignit-elle, ignorant le regard agacé de sa mère. C'est vrai, quoi. À croire que j'ai été adoptée.

— Tu n'as pas été adoptée, mais je me demande parfois où ton père et moi avons été te pêcher, plaisanta Mme Richards, cachée derrière son journal. Tu as fini de répéter, j'espère ?

— Et en plus, tu détestes quand je joue, l'accusa Chelsea.

— Tu jouais ? Oh pardon, je croyais que tu torturais ce malheureux instrument, rétorqua Mme Richards en s'esclaffant.

Chelsea avait l'habitude de l'humour caustique de sa mère. La plupart du temps, elle finissait par rire aussi. Mais aujourd'hui, elle n'en avait aucune envie.

— C'est ça, moque-toi de moi en prime, bougonna-t-elle, furieuse.

Maman est mille fois plus jolie que moi, songea-t-elle avec amertume. Et question humour, à côté d'elle, je ne fais vraiment pas le poids.

— Si vous ne m'avez pas adoptée, comment expliques-tu que j'ai l'air d'un tonneau sur pattes alors que toi, tu es grande et mince ? insista Chelsea en déboîtant l'embout de son saxophone et en soufflant dedans pour en chasser la salive.

— Chelsea, je t'en prie, soupira sa mère qui posa son journal sur ses genoux, excédée. Pourquoi faut-il que tu relances tout le temps cette conversation ridicule ?

— Au moins, c'est une conversation, rétorqua Chelsea, de plus en plus mal lunée. En général, on se marmonne trois mots le matin avant que tu files en vitesse à ton travail.

— Décidément, tu n'arrêtes pas de te plaindre aujourd'hui. Ça me désole, Chelsea, mais ton père et moi devons travailler très dur. Ce n'est pas avec ton saxophone que tu vas faire bouillir la marmite.

— Dis donc, moi aussi je gagne de l'argent au restaurant de papa ! se défendit Chelsea avec véhémence. Et puis arrête de m'agresser avec ma musique. C'est la seule chose qui me fait plaisir !

La seule chose dans toute ma misérable petite existence, se dit-elle tristement.

— Pourquoi t'apitoies-tu sans cesse sur ton sort ces derniers temps ? demanda Mme Richards en posant le journal sur la table basse avant de s'approcher de sa fille.

Chelsea haussa les épaules d'un air buté.

— J'imagine que c'est à cause de cette vieille bicoque sinistre.

— La maison n'est pas toute jeune, je te l'accorde. Mais nous allons la rénover, répondit Mme Richards, les bras croisés sur son pull-over à col roulé bleu ciel. Ton père a toujours rêvé d'avoir son affaire, tu sais bien. Ce restaurant, c'est la chance de sa vie.

— Au lycée, j'ai entendu de drôles d'histoires sur cette rue. Il s'y passerait plein de phénomènes étranges.

— Des phénomènes étranges ? Tes copains regardent trop *X-Files*, ironisa sa mère en se tournant vers la fenêtre.

Le soleil avait chassé les nuages et inondait le salon d'une clarté vive et gaie.

Chelsea termina le démontage de son instrument, en rangea les morceaux avec soin dans l'étui qu'elle referma.

— Pourquoi je n'ai pas les cheveux raides comme les tiens ? insista-t-elle. Pourquoi les miens sont-ils aussi bouclés ? Sans parler de cette horrible couleur châtain !

— Tu veux changer de couleur de cheveux ? Rien de plus simple ! Tu as entendu parler des shampooings colorants ? répliqua sa mère, à bout de patience.

— Oui, mais mon visage ? Je ne peux quand même pas changer de tête !

J'ai le nez trop épaté et le menton petit et fuyant, songea Chelsea avec horreur pour la énième fois.

— Voyons, Chelsea, tu es très mignonne comme ça, dit sa mère avec un soupir.

Chelsea bondit de sa chaise avec un cri de dégoût qui sidéra sa mère.

— Mignonne ? Pourquoi ne dis-tu pas que j'ai de la personnalité, tant que tu y es ? C'est ce qu'on dit des filles moches. Qu'elles ont de la personnalité !

— Franchement, Chelsea, moi je te trouve plutôt mignonne. C'est ta personnalité qui me plaît moins, rétorqua sa mère, très pince-sans-rire.

— On ne peut jamais discuter sérieusement avec toi !

Mme Richards s'avança vers sa fille et la serra dans ses bras. Ce geste de tendresse prit Chelsea au dépourvu. Sa mère n'avait pas l'habitude d'extérioriser ainsi son affection. Quand l'avait-elle prise comme ça dans ses bras pour la dernière fois ? Impossible de s'en souvenir.

— Désolée, maman, bafouilla-t-elle sans savoir vraiment de quoi elle s'excusait.

— Chut, fit Mme Richards en posant l'index sur la bouche de sa fille. C'est la faute du déménagement, ma chérie, ajouta-t-elle avec un sourire rassurant. Recommencer à zéro dans une nouvelle ville, un nouveau lycée, ça n'a rien de marrant. Pas étonnant que tu sois à cran. Et tu es malheureuse parce que ton père passe tout son temps à son restaurant, et moi à la maison de retraite à m'occuper des patients au lieu d'être à la maison avec toi. Mais nous n'avons pas le choix, Chelsea. Nous nous sommes beaucoup endettés.

Les mains dans les poches de son jean, Mme Richards se mit à arpenter le petit salon de long en large.

— Ne te laisse pas abattre, c'est tout ce que je te demande, dit-elle à sa fille. Il est normal que ce déménagement t'ait quelque peu perturbée, mais ne commence pas à douter de toi-même.

Chelsea se regarda dans le miroir du salon. Facile à dire quand on est grande et belle, songea-t-elle piteusement.

— D'accord, maman, répondit-elle en se forçant à sourire. Tu as raison, je suis désolée.

— Tu t'es déjà fait une amie au lycée, non ? demanda sa mère avec une pointe d'inquiétude dans la voix.

Chelsea hocha la tête.

— Oui, Nina Darwin.

— Pourquoi ne lui rends-tu pas visite ? suggéra Mme Richards. À ce que tu m'as dit, elle est très populaire. Je suis sûre qu'elle te présentera plein d'amis à elle. (Elle jeta un regard à sa montre :) Oh ! je suis presque en retard. Il faut que je file.

Elle plaqua un baiser sur le front de sa fille, attrapa son sac et ses clés de voiture sur la console du vestibule et quitta la maison d'un pas pressé.

C'est vrai, elle a raison, se dit Chelsea avec un soupir. Pourquoi est-ce que je me plains tout le temps ? Terminé, les jérémiades !

Elle alla ranger son saxophone dans le placard de sa chambre, puis ôta son sweat-shirt blanc qui lui tenait chaud. J'ai besoin d'aller prendre un peu l'air, se dit-elle en tirant un tee-shirt vert acidulé d'un tiroir de sa commode. Un petit tour chez Nina me changera sûrement les idées.

Nina habitait à dix minutes à pied de chez Chelsea. Elle l'avait connue à la fanfare du lycée de Shadyside High. Elles s'étaient rencontrées par accident. Au sens propre du terme.

Nina jouait de la flûte. À la rentrée, lors de la première répétition, toutes deux s'étaient percutées dans la formation. Le saxophone de Chelsea avait été légèrement cabossé et Nina s'en était sortie avec une égratignure au genou.

Après cet incident, elles étaient devenues amies, même si, à chaque répétition, Nina insistait toujours pour être placée le plus loin possible de Chelsea.

Nina était plutôt petite, mais très mignonne avec son regard pétillant d'entrain, ses traits fins et ses cheveux blonds raides coupés au carré. À la différence de Chelsea, elle était très cool, toujours prête à rire et à prendre la vie du bon côté. Résultat : elle avait des amis à la pelle.

Elle fait vraiment gamine, songea Chelsea un peu méchamment. Quand on se promène ensemble, on doit sûrement me prendre pour sa grande sœur.

Arrête de débiner ta meilleure copine, se réprimanda-t-elle aussitôt. C'est de la pure jalousie.

Nina était sa seule amie à Shadyside High. Elle n'allait quand même pas se mettre à la critiquer.

Chelsea se dérida un peu en approchant de la maison de Nina. C'était une belle journée d'automne. L'air était vif et sec. Les feuilles commençaient à jaunir. Bon, d'accord, certaines maisons de Fear Street étaient vieilles et délabrées, mais de jour elles ne semblaient pas effrayantes ou maléfiques, comme se plaisaient à le raconter des élèves du lycée. Ils avaient sans doute vu trop de films d'horreur.

Au moment où elle tournait dans la rue de Nina, une voiture passa en trombe à sa hauteur, vitres baissées et autoradio à fond. Chelsea reconnut plusieurs garçons de sa classe. Occupés à rire et à chanter, ils ne la remarquèrent même pas.

La maison de Nina, une longue bâtisse en séquoia dans le style ranch, était entourée d'une immense pelouse en pente entretenue avec soin.

Au moment où Chelsea gravissait le perron, la porte d'entrée s'ouvrit. Nina apparut, suivie de son copain, Doug Fredericks, un garçon grand et beau aux cheveux blonds mi-longs et au sourire engageant.

— Chelsea ! Qu'est-ce qui t'amène ? demanda Nina, étonnée.

— Rien de spécial, je faisais juste un tour.

— Salut, dit Doug qui poussa Nina pour pouvoir refermer la porte.

— Je ne savais pas que..., commença Nina.

— J'aurais dû téléphoner d'abord, s'excusa Chelsea.

— On va chez le cousin de Doug. Tu veux venir avec nous ?

— Bonne idée. Plus on est de fous, plus on rit, approuva Doug en se dirigeant vers sa voiture, une petite Toyota rouge rutilante.

— Allez viens, il y aura plein de monde, insista Nina devant l'hésitation de son amie.

Va avec eux, lui souffla une petite voix dans sa tête. Mais il y aura plein de monde, objecta une autre.

— Euh... non, non. Une autre fois peut-être. Je t'appellerai plus tard.

— Comme tu veux, dit Nina avec un haussement d'épaules. Tu es la bienvenue, tu sais.

Doug était déjà au volant. Il donna un coup de klaxon et Nina dévala l'allée. Chelsea regarda la Toyota démarrer en trombe et disparaître au bout de la rue.

Sur le chemin du retour, elle se remit à broyer du noir. Doug klaxonne et Nina accourt, songea-t-elle avec amertume.

Moi aussi, j'accourrais si j'avais un copain. Un copain ? Je n'en demande pas tant. Tout ce que je voudrais, c'est qu'un garçon s'intéresse rien qu'un peu à moi. J'ai quinze ans et pas le moindre garçon ne semble me voir.

À cet instant, elle entendit une voiture freiner juste derrière elle. Surprise, elle se retourna.

— Hé, ça te dirait de sortir avec moi ? lui lança un garçon par la portière.

3

Surprise, Chelsea se retourna et aperçut quatre garçons hilares dans une petite Honda Civic. Le passager assis près du conducteur avait ses longues mèches brunes ramassées en queue de cheval et un petit diamant à une oreille. Il tendit la main par la vitre ouverte, comme s'il voulait la toucher.

— Alors ? Ça te dit ?

Chelsea fit une grimace et poursuivit son chemin d'un pas rapide. La voiture avançait lentement, restant à sa hauteur.

— Ça te dit de sortir avec moi, oui ou non ? insista le garçon.

— Y a encore plein de place à l'arrière ! lança un de ses copains.

Ils éclatèrent tous de rire. Chelsea pressa le pas. La voiture la suivait à petite vitesse. Un des garçons fit des bruits de baisers sonores. Nouveaux rires.

— Viens, on est des mecs sympa, lui dit celui à la queue de cheval, un sourire narquois aux lèvres, la main toujours tendue vers elle.

— On est un bon coup, un très bon coup ! claironna un autre sur la banquette arrière.

— Et je parie que toi aussi, t'es un bon coup ! ajouta son voisin.

Les rires redoublèrent. Chelsea fit volte-face, furieuse.

— Laissez-moi tranquille ! cria-t-elle en les foudroyant du regard.

— Oh, ça c'est pas gentil, répliqua l'un d'eux.

— Allez, viens, sois sympa !

— Je vous préviens...

— Planquez-vous, les mecs, elle s'énerve, plaisanta le conducteur.

— Vraiment pas cool, cette nana.

Le cœur de Chelsea cognait dans sa poitrine.

Elle commençait à avoir peur. Ces types étaient peut-être dangereux.

Elle dévisagea les quatre passagers et n'en reconnut aucun. Ils n'allaient pas à son lycée, elle en était presque certaine.

— Allez, viens faire copain-copain avec nous, insista celui à la queue de cheval, la main encore tendue vers elle.

La voiture s'approcha d'elle et il tenta de lui agripper le bras.

— Non !

Chelsea fit un bond de côté. Les quatre types rirent de plus belle.

— Fichez-moi la paix à la fin !

L'un d'eux lança un mégot encore allumé qui atterrit sur une de ses tennis. Elle s'en débarrassa d'un coup de pied et prit la fuite à toutes jambes. Les rires redoublèrent.

Ce sont vraiment des monstres, se dit Chelsea, écœurée. Elle avait quitté le trottoir et courait à perdre haleine sur la pelouse qui longeait les haies. Elle guettait avec angoisse les bruits derrière elle, imaginant déjà une portière en train de s'ouvrir et l'un d'entre eux s'élançant à ses trousses.

Quand la Honda la dépassa en trombe à grand renfort de coups de klaxon, elle s'arrêta pour reprendre son souffle. Sa peur reflua. Elle avait les jambes en coton et son cœur battait à tout rompre.

La voiture tourna au coin de la rue dans un crissement de pneus. Ouf, ces malades étaient enfin partis. Elle se sentait à la fois soulagée et piteuse.

Si seulement il m'arrivait un truc sympa pour changer, songea-t-elle avec tristesse. Si seulement un garçon *normal* s'intéressait rien qu'un peu à moi.

Le nouveau s'assit en salle de permanence à côté de Chelsea. C'était la seule place vide dans la classe, au dernier rang près de la corbeille à papiers.

Chelsea l'observa tandis qu'il venait vers elle d'un pas pressé. Il serrait son sac à dos contre lui et évitait tous les regards. Il avait encore son blouson en cuir sur le dos. On ne lui a pas encore attribué de casier, songea-t-elle.

De taille moyenne, il avait les yeux noirs et les cheveux bruns bouclés. En s'asseyant, il adressa à Chelsea un sourire timide. Quand il ôta son blouson, elle remarqua ses bras musclés, presque trop développés par rapport à sa corpulence. Il surprit son regard et elle s'empressa de tourner la tête vers le tableau, un peu gênée.

Will Blakely. C'était le nom que M. Carter avait dit. Plutôt mignon, se dit Chelsea qui l'observa à nouveau à la dérobée. Les joues rouges, il gardait les yeux rivés sur sa table. Et vraiment timide.

Elle aurait voulu lui dire bonjour, lui souhaiter la bienvenue, mais se trouva incapable de prononcer un mot. Moi aussi, je suis timide, pensa-t-elle avec agacement. Je *déteste* être timide !

Comme à son habitude, M. Carter, le surveillant, fit l'appel à toute vitesse.

— Parfait, tout le monde est là, dit-il en balayant la salle d'un regard satisfait.

Quand il écrivit sur la feuille de présence, ses lunettes glissèrent au bout de son nez.

— Un exercice d'alerte incendie est prévu pour aujourd'hui, annonça-t-il. J'espère que vous arriverez à supporter toute cette agitation.

M. Carter était très pince-sans-rire. Mais dans le chahut général qui régnait en permanence, personne n'écoutait jamais ce qu'il racontait.

La première sonnerie retentit. Chelsea se tourna vers Will. Il évita son regard. Il passa une main nerveuse dans ses cheveux, puis extirpa son sac à dos de dessous son siège.

Chelsea se leva et jeta son sac sur son épaule. Ses cahiers et ses livres dégringolèrent par terre. Quelle gourde elle était ! Elle avait oublié de le fermer. Le sandwich de son déjeuner atterrit à ses pieds et sa pomme roula sous les bureaux.

Avec un soupir agacé, elle s'accroupit et entreprit de rassembler ses affaires. À sa grande surprise, Will reposa son sac et se baissa pour l'aider.

— Idiot, non ? parvint-elle à dire.

Il lui sourit, les joues plus écarlates que jamais. Il glissa le sandwich dans son sachet en papier kraft et le lui tendit. Leurs regards se croisèrent un instant, mais il s'empressa de détourner les yeux.

Décidément, il est encore plus timide que moi, se dit Chelsea. Son regard se posa à nouveau sur ses biceps impressionnants. Puis elle fixa le carrelage avec embarras. Vas-y, dis-lui quelque chose, s'encouragea-t-elle.

— Merci du coup de main.

Brillant, comme réflexion !

Il haussa les épaules avec un petit sourire embarrassé, puis il prit son sac et sortit d'un pas pressé sans se retourner.

Quelle plaie, la timidité, se dit Chelsea qui s'en voulait à mort.

Une autre fille aurait sûrement trouvé un truc intelligent ou drôle à lui dire. Nina l'aurait mis dans sa poche en trois secondes et se serait fait inviter au ciné ou à la cafèt avant même d'avoir fini de ramasser ses affaires dans son sac.

Pourquoi ne suis-je pas comme elle ?

Demain, je parle à ce garçon, promis juré. Elle sortit dans le couloir bondé et bruyant. Elle avait toute une journée pour réfléchir à ce qu'elle allait lui dire. Cette décision lui remonta le moral. En arrivant devant la classe d'anglais, elle avait même retrouvé le sourire. Elle gagna sa place attitrée, au dernier rang.

Au restaurant, Chelsea ne cessa de penser à Will. Elle était seule à servir. Ernie, le cuistot, était malade. Le père de Chelsea, fatigué, le remplaçait sans entrain au gril.

Ce soir-là, les clients étaient rares à l'*Old Village Café*. Deux vieux habitués sirotaient leur café au bout du comptoir, sous l'éclairage au néon agressif. Deux adolescents, une fille et un garçon, étaient attablés devant des hamburgers et des Coca dans l'avant-dernier box au fond de la salle.

Chelsea avait réfléchi à ce qu'elle allait dire à Will. Elle lui demanderait s'il faisait du sport, depuis quand il était à Shadyside et dans quel coin il habitait.

Un autre client rejoignit ses amis au comptoir et commanda un café. Chelsea remplit une tasse et l'apporta au vieil homme, tout en imaginant les dialogues de sa conversation avec Will.

— Mince !

La tasse de porcelaine lui avait glissé des mains. Elle tomba sur le comptoir avant d'aller se briser en mille morceaux sur le carrelage, projetant du café partout.

Le visage furieux de son père s'encadra dans le passe-plats.

— Je nettoie tout de suite, s'empressa-t-elle de dire.

Chelsea apporta une nouvelle tasse au client, puis, armée d'un balai et d'une pelle, entreprit de nettoyer les dégâts. Elle ramassa les plus gros morceaux à la main avec précaution et les déposa dans la pelle. Au moment où elle se redressait, elle heurta un client qui venait juste d'entrer.

— Oh, pardon !

— Y pas de mal, répondit le nouveau venu avec un grand sourire.

C'était un garçon de dix-sept ou dix-huit ans, plutôt mignon avec des yeux noirs rieurs, des traits fins et d'épais cheveux noirs bouclés. Il n'a pas l'air commode, se dit Chelsea en remarquant son blouson de cuir noir bardé de fermetures Éclair et son jean de la même couleur déchiré aux deux genoux. Son blouson à demi ouvert révélait un T-shirt Metallica noir et rouge.

— Désolée, je vous bloque le passage, s'excusa Chelsea qui battit en retraite derrière le comptoir.

D'une démarche assurée, comme s'il défiait quiconque de se mettre en travers de sa route, il alla s'installer à l'autre bout du bar. Quand il ne souriait pas, son visage prenait une dureté un peu inquiétante.

Chelsea jeta les débris de porcelaine à la poubelle, puis apporta un menu au nouveau venu. Il le refusa d'un geste de la main.

— Je sais déjà ce que je veux. Un hamburger et un Coca.

— Comment, le hamburger ? demanda Chelsea en s'essuyant les mains sur le long tablier blanc que son père la forçait à porter.

— Cuit.

Chelsea sentit ses joues s'empourprer. Elle ne savait plus où se mettre. Je dois avoir l'air d'une idiote avec ce tablier hideux et mes cheveux tirés en arrière.

— Je plaisantais, reprit le garçon, imperturbable.

Chelsea s'arracha un rire forcé. Elle alla transmettre la commande à son père par le passe-plats. Aussitôt, on entendit le grésillement de la viande sur le gril brûlant.

— Qu'est-ce que tu fais comme boulot ? s'enquit le garçon avec un pétillement amusé dans les yeux.

Chelsea le regarda, incapable de répondre.

— Je plaisante encore. Dis donc, t'as pas l'air marrante, toi.

— Je suis là pour travailler, répondit Chelsea qui entreprit de nettoyer le comptoir en formica avec une éponge.

— Tu t'appelles comment ? insista-t-il en la fixant droit dans les yeux d'un air de défi.

— Chelsea Richards.

C'était le premier client qui lui demandait son nom.

— Moi, c'est Tim Sparks, mais tout le monde m'appelle Sparks.

À la surprise de Chelsea, il lui serra la main. Ou plutôt il lui broya les doigts. Visiblement, il ne connaissait pas sa force.

— Salut, répondit-elle en se forçant à sourire.

Elle alla resservir les trois vieux messieurs, puis jeta un coup d'œil en cuisine. Le hamburger n'était pas encore prêt. Elle servit un Coca et le lui apporta.

— Je suis nouveau dans cette ville, lui dit-il en faisant tourner son verre entre ses doigts sans la quitter des yeux. J'habite dans le quartier, pas loin d'ici.

— Moi, je suis à Shadyside depuis un mois, répondit Chelsea, histoire de faire la conversation.

Un des deux jeunes lui fit signe qu'il désirait l'addition.

— Ce bled est-il aussi mort qu'il en a l'air ? demanda Sparks avec un sourire narquois.

— J'en ai bien peur.

Ce garçon la mettait vraiment mal à l'aise. Derrière ses plaisanteries, il avait quelque chose de froid, d'inquiétant.

— Ça te dirait de venir au ciné avec moi ? lui demanda-t-il à brûle-pourpoint.

4

Chelsea regarda Sparks bouche bée. L'invitation était si inattendue qu'elle se retrouva incapable de prononcer un mot.

Sparks l'observait par-dessus le comptoir, attendant sa réponse. À cet instant, une main se posa sur l'épaule de Chelsea. Elle se retourna. C'était son père. Sur son front perlaient des gouttes de sueur et il avait l'air furieux.

— Les deux clients du fond attendent l'addition.

— Désolée, s'excusa Chelsea qui sortit son bloc de la poche de son tablier.

Elle glissa un coup d'œil à Sparks. À son grand étonnement, elle remarqua qu'il avait l'air fâché. Il lança un regard noir à M. Richards, puis se leva de son tabouret et partit sans un mot, à grands pas rageurs.

— Et le hamburger ! lui cria Chelsea.

Mais il était déjà dehors. La porte claqua dans son dos.

Bizarre, se dit-elle. Pourquoi est-il parti ainsi ? L'intervention de son père l'avait sans doute énervé. Drôle de type…

Elle gribouilla l'addition sur son bloc et alla la poser sur la table du fond. Pour une fois qu'un garçon m'invitait, songea-t-elle avec dépit.

Ah, non, elle n'allait pas recommencer à s'apitoyer sur son sort ! Elle s'efforça de voir le bon côté des choses. Au moins, il l'avait invitée. Mais aurait-elle accepté d'aller avec lui au cinéma ? Il avait l'air si... adulte. Et si dur. À la limite du brutal.

Elle repensa à son regard haineux quand son père avait interrompu leur conversation. Non, décida-t-elle, pas question d'accepter une invitation d'un type aussi louche. J'aurais refusé... s'il m'en avait laissé l'occasion.

Elle jeta un coup d'œil par le passe-plats et vit son père jeter le steak brûlé à la poubelle d'un air maussade.

Deux nouveaux clients entrèrent. Des habitués. Ils allèrent s'asseoir à leur table attitrée, près de la fenêtre. Chelsea leur apporta les menus et attendit qu'ils fassent leur choix, les mains fourrées dans la poche de son tablier. Elle se surprit à nouveau à penser à Will Blakely.

Elle regarda par la vitrine dans la rue qui s'obscurcissait et répéta une fois de plus la conversation qu'elle avait imaginée. Elle en connaissait chaque mot par cœur. Dirait-il les répliques qu'elle avait prévues pour lui ? Ou bien partirait-il en courant lui aussi ?

Will semblait si timide. D'une timidité presque maladive.

Comme elle.

Et si c'était moi qui l'invitais ? se dit soudain Chelsea. Oui, bonne idée. Elle allait l'inviter au cinéma samedi soir. Mais elle se ravisa aussitôt. S'il refusait, elle en mourrait de honte.

Plongée dans ses pensées, elle ne sentit pas le temps passer. Il fut bientôt vingt et une heures, l'heure de la fermeture.

— On ferme et on rentre, dit son père en vidant la caisse.

Il glissa la recette dans une enveloppe de papier kraft qu'il gardait sous clé dans le petit bureau, à l'arrière du restaurant. Comme à son habitude, il la porterait à la banque le lendemain matin.

— Maman n'est pas là ce soir, fit remarquer Chelsea.

— Je sais, elle est encore de service de nuit, répondit M. Richards avec un soupir.

Chelsea ôta son tablier, le roula en boule et le fourra dans le panier à linge au fond de la cuisine, pendant que son père fermait la devanture.

Un soudain vacarme l'alerta. Des cris, une bousculade. Alarmée, elle regarda par le passe-plats et vit trois types aux mines patibulaires en blouson de jean pousser son père et faire irruption dans le café. Elle voulut crier, mais aucun son ne sortit de sa gorge.

— C'est fermé ! protesta M. Richards.

Un des trois hommes, grand et baraqué avec de longues mèches blond filasse, le plaqua contre le comptoir.

— Vide d'abord la caisse si tu veux qu'on se tire ! lui lança-t-il d'un air menaçant.

— Il n'y a pas un sou, répondit M. Richards, les yeux agrandis par la peur.

— On va voir ça tout de suite, fit un deuxième type en s'avançant vers la caisse.

— Non ! protesta M. Richards. Vous allez déguerpir en vitesse ou j'appelle la police !

Il se précipita sur le voyou qui lui tournait le dos et l'attrapa par les épaules.

— Non, papa, ne fais pas ça ! hurla Chelsea, affolée. Papa, attention !

5

M. Richards écarquilla les yeux et poussa un grognement de douleur. Le troisième voyou, un type pâle et maigre avec des yeux gris cruels venait de lui assener un violent coup sur le crâne à l'aide d'un tuyau de plomb.

Horrifiée, Chelsea hurla.

Les yeux de son père se révulsèrent, sa tête oscilla sur ses épaules et il s'effondra presque au ralenti, tombant d'abord à genoux avant de s'affaler, à plat ventre sur le carrelage. Inerte.

Les mains plaquées sur la bouche, Chelsea voulut hurler de nouveau, mais aucun son ne sortit de sa gorge.

Le grand blond flanqua un violent coup de poing sur le tiroir de la caisse quand il s'aperçut qu'elle était bel et bien vide.

— Barrons-nous d'ici !

Chelsea ne pouvait détacher les yeux de son père qui gisait toujours à plat ventre, les bras repliés sous lui.

— Tu crois qu'il est mort ? demanda l'auteur du coup en lâchant son tuyau.

— Tu veux vraiment rester pour le savoir ? rétorqua sèchement le blond.

Tous trois s'enfuirent en riant.

Par la vitrine, Chelsea les regarda disparaître au coin de la rue. Puis elle se laissa tomber à genoux à côté de son père.

— Papa ? Papa ?

Aucune réaction.

Elle poussa un cri en découvrant une plaie profonde sur le sommet de son crâne. Le sang poissait ses cheveux clairsemés. Pourvu qu'il ne soit pas...

Folle d'angoisse, elle le fit rouler avec précaution sur le dos. Il avait les yeux fermés et respirait faiblement. Chaque souffle était comme un gémissement.

Soulagée qu'il soit toujours en vie, mais terrifiée par l'hémorragie, Chelsea se releva tant bien que mal, tituba jusqu'au téléphone au bout du comptoir et appela les urgences.

Une heure plus tard, Chelsea se retrouva seule à la maison. Encore sous le choc, elle arpentait de long en large le tapis élimé du salon, en proie à une agitation folle. Le plancher craquait sous ses pas et le tic-tac de la pendule sur le manteau de cheminée semblait s'amplifier à chaque mouvement de balancier.

Elle avait beau se répéter de se calmer, rien n'y faisait. Ça va aller, tenta-t-elle de se convaincre pour la énième fois.

Son père était entre de bonnes mains à l'hôpital. D'après l'interne qui l'avait ausculté, son état était sérieux, mais stationnaire.

Elle avait accueilli cette réponse avec soulagement, mais était si retournée qu'elle n'avait pas pensé à lui demander ce que cela signifiait exactement.

Sérieux, mais stationnaire...

L'essentiel était qu'il soit en vie.

— Nous n'avons pas détecté d'hémorragie interne, avait poursuivi le jeune médecin qui, avec sa tignasse rousse et ses taches de son, avait l'air d'un gamin. Votre père a eu de la chance.

De la chance? Elle avait failli lui demander s'il plaisantait. Mais elle s'était retenue et avait marmonné une réponse polie avec un sourire forcé.

Sa mère était arrivée à l'hôpital sur ces entrefaites, blême et affolée. Le jeune médecin l'avait entraînée dans le long couloir vert clair, une main rassurante posée sur son épaule.

Maintenant, il était plus de dix heures et Chelsea allait passer la nuit toute seule. Sa mère était restée encore un peu à l'hôpital. Elle retournerait directement à son travail. Les craquements sinistres du plancher ressemblaient à autant de gémissements. Je déteste cette baraque lugubre, se dit-elle en se laissant tomber dans le vieux fauteuil en velours qui meublait un coin du salon.

Je déteste cette maison. Je déteste cette ville.

Je déteste... tout.

Mais la colère ne parvint pas à chasser la peur. La panique s'empara peu à peu d'elle, comme une lourde couverture qu'on lui aurait jetée sur la tête pour l'étouffer.

Et si son père mourait ? Que deviendraient-elles, sa mère et elle ?

Arrête ça tout de suite ! se réprimanda-t-elle avec force. Elle réalisa soudain qu'elle avait le téléphone à la main. Sans réfléchir, elle composa le numéro de Nina. À la troisième sonnerie, son amie en personne décrocha.

— Nina, c'est moi... Chelsea.

— Oh, salut, comment tu vas ? Doug et moi, on était justement...

— Nina, il s'est passé un truc horrible, l'interrompit Chelsea, encore parcourue de frissons. Mon père s'est fait agresser au restaurant. Il a été assommé.

— C'est affreux ! s'exclama Nina. Comment va-t-il ?

Chelsea entendit Doug demander à voix basse ce qui se passait.

— Il est aux urgences. D'après le médecin, son état est sérieux, mais pas désespéré. Maman est avec lui à l'hôpital. Je me retrouve toute seule à la maison, dit-elle fixant la pendule sur la cheminée jusqu'à ce que sa vue se trouble. Tu pourrais me rendre un service, Nina ? Ça t'embêterait de venir passer la nuit chez moi ?

— Bien sûr que non, s'empressa de répondre son amie. Attends, je vais demander à ma mère. Mais je crois qu'elle sera d'accord.

Chelsea l'entendit reposer le combiné, puis il y eut des bruits de voix indistincts. Les yeux toujours rivés sur la pendule, elle attendit avec impatience la réponse de Nina en tapotant nerveusement sur l'accoudoir du vieux fauteuil.

— C'est bon, j'arrive !

— Merci, répondit Chelsea avec reconnaissance avant de raccrocher.

Quelques minutes plus tard, elle aperçut des phares dans l'allée. Elle courut ouvrir la porte d'entrée et allumer la lanterne du perron.

C'est super sympa de la part de Nina, se dit-elle en la regardant approcher à travers la moustiquaire de la double porte. Voilà ce qu'on appelle une vraie copine.

Au même moment, elle aperçut Doug qui arrivait à sa suite.

Nina entra dans le vestibule. Une bourrasque glaciale s'engouffra dans la maison. À la surprise de Chelsea, elle se jeta à son cou et la serra dans ses bras avec effusion.

— Comment tu te sens ? Tu as dû avoir une peur terrible !

— Oui, je..., commença Chelsea qui ne trouvait plus ses mots.

Doug entra en se frottant vigoureusement les mains.

— Il fait un froid de canard, dit-il en regardant autour de lui avec curiosité.

— Je vais préparer du chocolat chaud, proposa Chelsea.

— Je préférerais un café, répondit Doug qui se débarrassa de son anorak.

— D'accord. Café pour tout le monde ?

Doug et Nina l'accompagnèrent dans la cuisine.

— Il n'y a que de l'instantané, ça vous va ?

— Laisse-moi m'en occuper, dit Nina. Pauvre Chelsea, regarde, tu as encore les mains qui tremblent.

— J'ai vraiment eu la frousse de ma vie, avoua Chelsea qui laissa son amie remplir la bouilloire. J'ai cru que papa était... enfin c'était affreux... il y avait du sang partout.

— Qui étaient ces types ? demanda Doug en se perchant sur un tabouret pour s'accouder nonchalamment au comptoir qui servait de table.

— Je n'en sais rien, c'était la première fois que je les voyais. Ils avaient l'air vraiment louches.

— D'après mon père, la criminalité a beaucoup augmenté dans la vieille ville, fit remarquer Nina.

— Ton père va s'en remettre ? demanda Doug.

— Oui, enfin... je crois, répondit Chelsea d'une voix étranglée, à nouveau au bord des larmes.

Quelques minutes plus tard, ils étaient de retour dans le salon. Chelsea avait allumé la télévision. Le déferlement d'images d'un clip vidéo de MTV emplissait la pièce de couleurs. Chelsea était assise dans le fauteuil en velours, les genoux repliés sous elle, sa tasse de café entre les mains.

Nina et Doug avaient pris place sur le canapé. Du coin de l'œil, Chelsea vit Doug attirer Nina vers lui. Ils échangèrent un long baiser.

Voilà donc pourquoi Nina s'est empressée d'accepter mon invitation, songea-t-elle avec amertume. Elle est bien contente de se retrouver tranquille avec Doug.

Ils s'embrassèrent une nouvelle fois, comme si Chelsea n'était pas là. Celle-ci essaya de se concentrer sur le clip, mais elle ne pouvait s'empêcher de les regarder. Et ellc se sentait encore plus seule qu'avant.

Pourquoi ce n'est pas *moi* sur ce canapé ? Pourquoi est-ce que je suis condamnée à tenir la chandelle ? J'en ai marre qu'aucun garçon ne s'intéresse à moi, songea-t-elle, écœurée.

Soudain, elle prit une décision. Si le type bizarre du café, Tim Sparks, revenait et l'invitait encore, elle accepterait. Elle n'hésiterait pas une seconde.

Elle ferma les yeux et revit son père s'effondrer. La surprise sur son visage, ses yeux écarquillés. Elle revit le sang couler de la plaie sur son crâne. Une pensée effrayante lui vint à l'esprit.

Tim Sparks.

Il était parti avec tant de précipitation sans même manger son hamburger. Il était parti dès qu'il avait vu son père. Dès qu'il avait vu qu'ils étaient seuls à travailler ce soir-là.

Et s'il était venu repérer les lieux ? Cela expliquerait son départ précipité et l'arrivée des trois autres peu après.

J'ai trop d'imagination, se dit Chelsea. En tout cas, s'il faisait réellement partie de la bande, il ne remettrait jamais les pieds au café. Il savait que s'il revenait, il se ferait prendre.

Les idées se bousculaient dans sa tête avec la même violence que les images du clip vidéo. Elle avait l'impression que son cerveau allait exploser. Elle ferma les yeux de toutes ses forces. La musique faisait vibrer violemment ses tympans.

Et s'il revenait quand même ?

6

Près de la rivière, il faisait froid mais le paysage était magnifique. Il aimait le froid. Il aimait le vent vif et transperçant qui s'engouffrait dans ses narines et lui fouettait le front.

Le soleil émergeait à peine au-dessus des arbres. Des gouttelettes de pluie s'accrochaient à la tignasse de boucles brunes qui dépassaient de son bonnet de ski.

La rivière était plus large qu'il ne l'avait imaginé. Les mains fourrées au fond de ses poches, il contemplait les eaux brunâtres et tumultueuses.

Les bourrasques couchaient les hautes herbes sur ses chevilles. Ses joues étaient brûlantes. Le vent lui faisait du bien. Conononka, c'était le nom qu'il avait lu sur le panneau indicateur. Sans doute un nom indien.

L'autre rive était escarpée et boisée. Il apercevait une route qui serpentait jusqu'au sommet, la route de la Crête d'après la carte qu'il avait étudiée avec attention.

Il ôta son bonnet et le fourra dans la poche de son blouson. Il lui tenait trop chaud. Malgré le vent glacial, il avait l'impression d'avoir le visage en feu.

Il se remit à marcher dans les hautes herbes. Ses rangers émettant à chaque pas des bruits de succion. La rosée du matin avait mouillé le bas de son jean.

En fin de compte, Shadyside n'était pas un

mauvais choix. La ville était pas mal et la rivière plutôt belle.

Il aimait admirer les grandes maisons sur les collines de Northhills, avec leurs vastes jardins bien entretenus, les haies et les arbres taillés avec soin.

Bien sûr, il ne serait jamais à sa place dans cet endroit, il le savait. Il préférait la vieille ville, s'y sentait davantage à son aise.

Un bon choix décidément, se dit-il en ramassant un petit galet sur la berge. Il essaya de le faire ricocher sur les flots bouillonnants.

Il coula à pic.

Dans cette ville comme ailleurs, il y avait des filles qui méritaient la mort, c'était évident. Des filles comme toi, maman, songea-t-il en fourrant ses mains dans ses poches.

La rage l'envahit à nouveau.

La douleur le prenait toujours à l'estomac, avant de remonter le long de sa colonne vertébrale, jusqu'à sa nuque. Puis son sang se mettait à battre à ses tempes, de plus en plus fort.

Rien ne pouvait arrêter la rage une fois qu'elle s'était emparée de lui. C'était pareil à chaque fois qu'il pensait à sa mère. Il souffrait depuis tant d'années. Les crises avaient commencé à l'époque du divorce de ses parents, quand il avait quatre ans. Sa mère était partie en emmenant sa grande sœur. Elle l'avait abandonné.

Tu savais ce que tu faisais, hein, maman ? Il lança une autre pierre dans l'eau, de toutes ses forces, sans essayer cette fois de la faire ricocher, et la regarda disparaître dans les eaux boueuses. Tu savais ce que tu faisais.

Tu savais que papa buvait tous les soirs. Et qu'il me battait quand il était ivre. Ça ne t'a pas empêchée de me laisser avec ce monstre.

Chaque nuit, j'ai pensé à toi. À chaque fois qu'il me tabassait, j'étais obsédé par ton image. Et par ma vengeance.

Tu vas me payer ça, maman. Attends seulement que je te retrouve. Mais ma vengeance a déjà commencé : dans chaque ville où je passe, une fille paie pour toi.

Si seulement je savais où tu es.

Un chaton blanc apparut soudain à la lisière des arbres et l'observa de loin avec curiosité.

— Minou, viens, l'appela-t-il en se baissant et en agitant la main. Minou, minou...

Le chaton pencha la tête, mais ne bougea pas.

Quand je me venge, je me sens mieux.

Il s'accroupit et continua de faire signe à la petite boule de poils timide.

Je me sens mieux quand je tue.

Jusqu'à la crise suivante.

— Minou, minou, insista-t-il avec des claquements de langue. Viens ici, le chat.

J'ai trouvé une autre fille ici, à Shadyside. Elle est châtain comme toi, maman. Tout au moins comme dans mon souvenir. Je n'ai pas de photo de toi. Tu ne m'en as jamais envoyé. Ni de lettre. Tu t'es contentée de m'abandonner. Et tous les soirs, le monstre m'a battu.

La fille est châtain et un peu ronde. Elle a l'air

très timide. Quand la crise reviendra, elle fera parfaitement l'affaire.

— Viens, le chat, insista-t-il.

Le chaton fit un pas hésitant en miaulant doucement. Puis il se décida à venir vers lui d'un air méfiant.

— Allez, le chat, viens..., fit-il d'une voix douce et persuasive. Je ne te ferai pas souffrir longtemps.

Il attrapa le chat par la peau du cou. Sans l'ombre d'une hésitation, il l'étrangla.

7

Chelsea nettoyait le comptoir sans enthousiasme. Elle jeta un coup d'œil dans la cuisine par le passe-plats. Personne. Ernie, le cuisinier aux impressionnants biceps tatoués, avait dû sortir fumer sa cigarette. Pour changer.

Je déteste travailler ici quand papa n'est pas là, songea-t-elle. Réflexion faite, elle détestait aussi quand il était là. Elle soupira. Au moins, ce boulot lui permettait de s'acheter quelques vêtements et un CD de temps en temps.

Quatre jours s'étaient écoulés depuis l'agression et son père était toujours à l'hôpital. Mais les médecins se montraient optimistes. Chelsea leva les yeux vers la pendule en néon bleu et rose. Vingt heures quarante. Presque l'heure de la fermeture. En se dépêchant, elle aurait juste le temps de voir sa mère à la maison avant qu'elle ne prenne sa garde de nuit.

Chelsea balaya lentement du regard la salle déserte. C'était un peu effrayant de se retrouver seule dans cet endroit. Et si les trois voyous revenaient ?

— Ernie ? appela-t-elle, soudain apeurée.

Ernie était grand et costaud. Il saurait la défendre en cas de problème. Mais où était-il donc passé ?

— Ernie ?

Le déclic bruyant du grand réfrigérateur en inox la fit sursauter. Pour passer le temps, elle décida de penser à Will.

Jusqu'à présent, elle n'avait pas encore réussi à engager une vraie conversation avec lui. Dans les innombrables scénarios qu'elle ne cessait d'imaginer, ils plaisantaient et riaient comme de vieux amis. Mais quand elle se retrouvait à côté de lui en classe, soit elle paniquait, soit Will avait le nez dans son livre ou son cahier. Bref, elle n'arrivait jamais à trouver le bon moment pour lui parler.

Signe encourageant, il lui avait souri plusieurs fois. Il lui avait même dit bonjour et demandé comment elle allait. Puis il s'était replongé aussi sec dans son livre ou son cahier, comme si elle n'existait plus.

Il ne m'invitera jamais, songea Chelsea, découragée. Elle n'arrêtait pas de penser à lui. Même quand elle s'exerçait au saxophone, elle imaginait son sourire timide, ses yeux noirs mélancoliques.

Le bruit de la porte l'arracha à ses pensées. Deux types louches entrèrent en roulant des mécaniques. Ils jetèrent des regards nerveux à la ronde.

Le premier était grand et baraqué. Ses cheveux blonds étaient rasés si courts que son crâne ressemblait à une pêche. Maigre et dégingandé, le second avait le visage grêlé et un sourire inquiétant. Tous deux portaient des jeans délavés et, en dépit du froid, de simples T-shirts.

Chelsea s'écarta du comptoir et s'approcha doucement du passe-plats.

— Ernie ?

Toujours personne.

C'est pas vrai, ça recommence, se dit-elle, affolée. Le dos au mur, elle observa les deux inconnus avec méfiance. Est-ce qu'ils étaient armés ?

La caisse contenait moins de cinquante dollars. Ils n'allaient quand même pas l'agresser pour une somme aussi ridicule ! De toute façon, elle leur donnerait l'argent sans tenter de résister.

Elle revit son père quelques jours plus tôt alors qu'il s'efforçait de repousser ses agresseurs. S'il n'avait pas résisté, il ne serait pas à l'hôpital. Pas question de jouer au héros, décida-t-elle. Je vais coopérer autant que je peux.

Après s'être assurés que le café était désert, les deux jeunes s'approchèrent de la caisse.

— T'es toute seule ? demanda le grand maigre avec un sourire, mais le regard dur.

— Non, répondit Chelsea d'une voix qu'elle espérait ferme.

Les deux types échangèrent un regard goguenard et éclatèrent de rire.

— On va fermer, s'empressa-t-elle d'ajouter.

Elle jeta un coup d'œil à la pendule. Vingt heures cinquante.

— Ah bon ? fit le maigre.

Ils s'esclaffèrent de plus belle.

— Qu'est-ce que je vous sers ?

— Elle est mignonne, tu trouves pas ? dit le grand à son copain en se grattant le crâne.

— Sérieux, on va fermer, insista Chelsea, la bouche sèche comme du coton.

— Ouais, t'es la plus mignonne ici, continua le grand qui s'accouda négligemment au comptoir.

Sa grosse main n'était qu'à quelques centimètres de la caisse. Il fixait Chelsea d'un air provocateur.

— Qu'est-ce que vous voulez à la fin ? demanda-t-elle.

C'était plus une supplication qu'une question.

— Ben...

Les deux inconnus se mirent à nouveau à rigoler.

Le cœur de Chelsea cognait sourdement dans sa poitrine. S'ils voulaient la caisse, ils n'avaient qu'à la prendre.

— Ce qu'on veut ? Bonne question.

— À quelle heure t'as dit que tu finissais ? demanda le grand costaud en se penchant vers Chelsea, pétrifiée de peur.

À cet instant, la porte s'ouvrit et un garçon entra. Chelsea mit quelques secondes à le reconnaître. Après tout, elle ne l'avait vu qu'une fois.

C'était Sparks.

Mais le soulagement de Chelsea fut de courte durée. Et s'il était de mèche avec eux ?

Les deux types s'étaient renfrognés. Le sourire plein de morgue du grand maigre avait disparu. Sparks s'approcha du comptoir d'un pas décidé en les toisant d'un air méfiant.

— C'est encore ouvert ? demanda-t-il à Chelsea.

— J'allais fermer, répondit-elle d'une voix blanche.

— Je peux avoir un café ?

Sparks ne quittait pas les deux types des yeux.

— Pas de problème.

Chelsea s'approcha du percolateur.

— On reviendra plus tard, dit le grand costaud.

— Ouais, plus tard, répéta son copain d'un air menaçant.

Sans se presser, ils passèrent devant Sparks et sortirent du café en roulant des mécaniques. À peine la porte refermée, Chelsea s'appuya contre le comptoir avec un grand soupir de soulagement. Ils disparurent au coin de la rue.

— Qu'est-ce que ces types te voulaient ? demanda Sparks en grimpant sur un tabouret.

— J'en sais rien, répondit Chelsea, encore sous le choc.

Elle posa la tasse de porcelaine blanche devant lui. Sa main tremblait tellement que du café déborda dans la soucoupe. Elle remarqua le regard de Sparks. Il la dévisageait avec une gravité qui l'étonna. Elle fit glisser un petit pichet de lait vers lui.

— Je ne sais pas ce qu'ils avaient derrière la

tête. Sans doute voler la caisse. En tout cas, ils m'ont fichu une de ces trouilles.

Elle ôta son tablier et le roula en boule. Sparks but une gorgée de café sans la quitter des yeux.

— Ils n'avaient pas l'air rassurés en te voyant arriver, ajouta-t-elle avec un sourire gêné.

— Et ils avaient bien raison, bougonna-t-il, le nez dans sa tasse.

Est-ce qu'il plaisante? se demanda Chelsea. Avec sa mine indéchiffrable, impossible de le savoir.

Il y eut du bruit dans la cuisine. Elle se retourna et aperçut Ernie qui nettoyait le gril, son sempiternel mégot au coin des lèvres.

— C'est bon ? Je peux ranger ? lui lança-t-il de sa grosse voix bourrue.

— Oui, on ferme.

Sparks but une longue gorgée de café, visiblement plongé dans ses pensées. Chelsea aurait voulu engager la conversation, le remercier de l'avoir débarrassée des deux types. Mais une fois de plus, son insupportable timidité eut le dessus.

Va-t-il à nouveau m'inviter ? se demanda-t-elle. Et, si oui, qu'est-ce que je réponds ? Sparks lui faisait un peu peur, inutile de le nier, mais il l'intriguait aussi, et elle aurait bien aimé le connaître mieux.

Pourquoi est-ce que je reste plantée bêtement devant lui sans dire un mot ? Pourquoi est-ce si facile pour les autres filles et pas pour moi ?

Elle s'éclaircit la gorge.

— Tu veux encore un café ?

Il secoua la tête.

— Non, merci.

Ernie sortit de la cuisine, sa veste sur l'épaule.

— À demain, dit-il à Chelsea avec un petit signe de tête.

Il jeta un bref regard à Sparks et se dirigea vers la sortie.

— À demain, répondit-elle.

Maintenant, je suis toute seule avec Sparks, se dit Chelsea en regardant le cuisinier s'éloigner sur le trottoir. À cette pensée, elle frissonna.

Sparks vida sa tasse et posa un billet d'un dollar sur le comptoir.

Vas-y, dis quelque chose. S'il te plaît, invite-moi. Je dirai oui, l'encouragea-t-elle, essayant de lui envoyer des ondes par télépathie. Je dirai oui, je te jure.

Il se leva et lui lança un sourire timide.

— Merci. Salut.

Chelsea prit la tasse et la soucoupe.

— Salut.

Il sortit sans se retourner. La porte se referma doucement derrière lui.

Chelsea poussa un soupir et posa rageusement la tasse dans le panier du lave-vaisselle. Elle fit une dernière inspection en éteignant les lumières. Elle était complètement déboussolée. D'un côté, elle était déçue qu'il soit parti si vite. Et d'un autre, elle était soulagée.

Quelques minutes plus tard, elle sortit dans la nuit froide. Elle ferma la devanture avec soin et tira le rideau de fer, comme elle avait vu son père le faire. Puis elle se dépêcha de rentrer.

Quelques rues plus loin, Sparks ouvrit la porte de son studio, au troisième étage sans ascenseur et entra sans allumer la lumière. Il referma la porte et se retrouva dans le noir. Seule la lumière pâle d'un réverbère en contrebas filtrait entre les rideaux.

Il se mit à tourner comme un lion en cage dans la pièce exiguë et surchauffée, frappant à plusieurs reprises sa paume ouverte avec son poing.

Pourquoi n'avait-il pas invité cette fille, comme il en avait eu l'intention ? Pourquoi était-il resté assis bêtement au comptoir à boire ce jus de chaussette ?

Ils étaient seuls. Tout seuls. C'était l'occasion rêvée et il l'avait laissée passer !

Qu'est-ce qui m'arrive ?

Furieux, il prit le téléphone sur la table de nuit, arracha la prise du mur et le balança de toutes ses forces contre la fenêtre. La vitre se brisa dans un vacarme d'enfer. Fou de colère, Sparks n'y prêta même pas attention.

8

Le lendemain, à la fin des cours, Chelsea claqua la porte de son casier et scruta le couloir bondé et bruyant à la recherche de Nina. Il lui fallut un moment pour repérer son amie. Un grand berger allemand manifestement perdu s'était aventuré dans le lycée, créant un attroupement qui bloquait le passage. Il agitait la queue avec frénésie et ses aboiements sourds résonnaient dans le couloir.

Quelle histoire pour un chien, se dit Chelsea. Ils n'ont jamais rien vu, ma parole !

Deux élèves essayaient d'entraîner le chien vers le bureau du proviseur, une tâche ardue car l'animal n'avait pas de collier. Les autres les suivaient, surexcités.

Chelsea finit par repérer Nina devant son casier. Son bonnet de laine bleue à la main, elle regardait dans sa direction.

— Hé, Nina !

Chelsea se fraya un chemin dans la cohue. Elle avait décidé de demander conseil à son amie au sujet de Sparks et de Will. Grâce à son aide, elle arriverait bien à se faire inviter par l'un ou l'autre.

À son étonnement, Nina faisait une tête d'enterrement. Elle avait les yeux rougis comme si elle avait pleuré.

— Qu'est-ce que tu as ? s'enquit Chelsea en changeant son sac à dos d'épaule.

— C'est à cause de cet idiot de Doug, répondit son amie d'un ton furieux avant de claquer la porte de son casier qui se rouvrit sous le choc.

— Qu'est-ce qu'il a fait ?

— Je l'ai vu parler avec Suki Thomas à la cafèt, expliqua Nina d'un air malheureux.

— Connais pas, dit Chelsea qui observait de loin l'attroupement bruyant. Mais qu'est-ce qu'il y a de mal à parler à quelqu'un ?

Dans un concert d'aboiements, le chien venait

d'échapper au groupe d'élèves, qui se mit à le pourchasser dans le couloir.

— Qu'est-ce qu'il y a de mal ? Tu aurais vu comment il lui parlait !

Nina reclaqua la porte. Cette fois, elle resta fermée.

Chelsea s'apprêtait à lui répondre quand le berger allemand passa en trombe à côté d'elles en dérapant sur le carrelage,

— Faites-le sortir ! Ouvrez la porte et faites-le sortir ! criait quelqu'un.

Au bout du couloir, un élève ouvrit la porte en grand et, toujours en dérapage contrôlé, le chien bondit dehors et disparut sans demander son reste.

Une clameur victorieuse résonna dans le couloir. Après quelques minutes de rires et de conversations animées, les élèves ramassèrent leurs sacs et se dirigèrent vers la sortie.

— Je voudrais te parler de ce garçon qui est venu au café une ou deux fois, commença Chelsea.

Deux garçons en tenue de hockey, visiblement très pressés, la bousculèrent, leur crosse à la main.

Nina tourna les molettes de son cadenas à combinaison, s'assura qu'il était bien fermé, puis se souvint d'un livre qu'elle avait oublié. Avec un grognement agacé, elle rouvrit le cadenas.

— Il s'appelle Tim Sparks, poursuivit Chelsea. Il n'a pas l'air commode, enfin... c'est peut-être juste de la timidité. La première fois qu'il est venu, il m'a invitée au cinéma. Mais avant que j'aie eu le temps de répondre, mon père est arrivé et...

— J'arrive pas à y croire, l'interrompit Nina qui farfouillait dans le fond de son casier, à genoux sur le carrelage. C'est vrai quoi, Suki Thomas est tellement nulle !

— Il m'impressionne un peu, continua Chelsea, mais il est très mignon. Si ça se trouve, il est...

Elle se rendit compte qu'elle gaspillait sa salive.

— Tu pourrais m'écouter, bougonna-t-elle d'un ton plein de reproche.

Nina se releva et ferma la porte de son casier.

— Quoi ? Oh pardon, je pensais à autre chose.

Soudain, son visage s'éclaira.

— Le voilà ! Doug, attends-moi !

Elle fourra ses livres en vitesse dans son sac à dos et partit en courant.

Dépitée, Chelsea regarda Nina disparaître au fond du couloir. Quelle lâcheuse ! Puis elle referma la porte du casier de son amie, s'assura que le cadenas était bien mis et se dirigea vers la sortie sans enthousiasme.

Nina est une bonne copine... quand Doug n'est pas là, songea-t-elle tristement. Avec lui dans les parages, je n'existe plus.

Elle était à quelques pas de la porte, quand une main se posa sur son épaule. Surprise, elle se retourna.

C'était Will Blakely.

Les joues rouges, il lui adressa un sourire timide. Des mèches brunes dépassaient de la casquette de base-ball bleu marine qu'il portait à l'envers. Il avait un livre et un grand classeur sous le bras.

— Salut.

— Salut, répondit Chelsea.

Un ange passa.

— Ce n'est pas celui du lycée, dit-elle en désignant le blouson noir et ocre qu'il portait.

Quelle remarque débile ! se dit-elle aussitôt, atterrée. Évidemment, ce n'est pas le blouson de Shadyside High. Comme si ça ne se voyait pas !

— C'est... euh... celui de mon ancien lycée.

— Tu étais où, avant ? demanda-t-elle en jetant son sac sur son épaule.

— Dans le Sud, répondit le garçon sans oser la regarder. Tu fais quoi maintenant ?

— Rien de spécial, je rentre chez moi. À cinq heures, je travaille.

— Ah bon, fit Will, l'air déçu. Alors t'as pas le temps de venir te balader.

— Si, si, bien sûr, s'empressa-t-elle de le détromper. C'est une belle journée pour une balade.

Plusieurs élèves passèrent devant eux et sortirent. Chelsea jeta un coup d'œil par la porte ouverte. Le ciel dégagé s'était obscurci de gros nuages gris.

— Enfin... *c'était* une belle journée, ajouta-t-elle en riant.

— Ça te dit rien, alors ?

Il est encore pire que moi, se dit Chelsea, amusée. Du coup, elle retrouva un peu le moral.

— Si, allons-y. Le parc de Shadyside est juste derrière le lycée. Tu y es déjà allé ?

Will fit non de la tête et lui emboîta le pas. Ils marchèrent sans un mot dans les couloirs qui menaient à l'arrière du bâtiment.

Dehors, il faisait plus froid que Chelsea ne le pensait. Avec les bourrasques glaciales, on se serait cru en plein hiver. Elle s'arrêta pour remonter jusqu'au cou la fermeture Éclair de son blouson. Puis ils traversèrent côte à côte le parking des profs, longèrent les terrains de foot et de base-ball et entrèrent dans le grand parc boisé qui s'étendait derrière le lycée.

Chelsea respira à fond.

— Ça sent si bon, ici.

— Surtout après le lycée. Ils ont dû oublier d'aérer depuis au moins 1920.

Elle lui sourit. Il était vraiment trop mignon. Elle leva les yeux vers les arbres. Le vent avait eu raison des dernières feuilles qui craquaient sous leurs pas. Les branches dénudées s'élançaient tristement vers le ciel.

— Le parc va jusqu'à la rivière, dit-elle.

— J'aimerais bien y aller. Il y a un sentier à travers bois ?

— Oui, je crois. Tu sais, ça ne fait pas longtemps non plus que j'habite ici. Je suis arrivée à Shadyside fin septembre avec mes parents.

— Tu déménages souvent ? demanda-t-il, l'air grave.

— Non, pas vraiment. Mon père a eu l'occasion d'acheter un petit restaurant ici. Alors on est venus.

— T'es riche ? (Il rougit.) Enfin, je veux dire...

Chelsea rit devant son embarras.

— C'est juste un snack-bar dans la vieille ville. Mon père s'est endetté jusqu'au cou. Mais il rêvait depuis longtemps d'avoir son affaire.

Ils marchèrent un moment sans un mot.

— Et toi, tu bouges beaucoup ? finit par demander Chelsea, histoire de relancer la conversation.

— Oui.

Elle s'attendait à ce qu'il continue, mais il garda le silence, les yeux perdus dans le vague.

Ils prirent un étroit sentier tapissé de feuilles mortes à travers bois. Le ciel s'assombrissait à vue d'œil.

— Quel froid, on dirait presque qu'il va neiger, dit Chelsea.

Tais-toi, se réprimanda-t-elle. Tu as l'air maligne de lui parler de la météo.

— J'aime bien la neige, répondit Will en lui souriant. C'est si pur.

Il s'arrêta devant un bouleau et posa son livre et son classeur au pied du gros tronc.

— On n'a qu'à laisser nos affaires ici. Ça a l'air lourd, ton truc, dit-il en désignant son sac à dos du menton.

— Bonne idée, fit-elle en se débarrassant de son fardeau. Ouf.

— On les récupérera au retour.

Will resta quelques pas derrière elle, tandis qu'ils reprenaient leur marche sur le sentier sinueux.

— J'aperçois la rivière ! s'exclama Chelsea. Regarde ! C'est la Cononomka, reprit-elle, quand il l'eut rattrapée.

Il s'approcha d'elle en souriant. Son souffle faisait de petits nuages de vapeur blanche. Elle adorait ce pétillement dans ses yeux à chaque fois qu'il souriait.

Je me promène dans les bois avec un garçon, songea-t-elle, aux anges. Pour la plupart des filles, ce n'est sans doute pas une grande affaire. Mais la première fois, ça compte.

Elle sourit à Will. Il lui rendit son sourire et détourna vite les yeux vers le sentier.

Ils continuèrent d'avancer. Plus ils se rapprochaient de la rivière, plus l'air devenait glacial. Chelsea entendait le bouillonnement impétueux de l'eau, assourdi par les sifflements du vent.

— C'était une bonne idée de venir se balader par ici, dit-elle avec entrain.

Elle se retourna. Will était à la traîne. Il tenait une longue cordelette pliée en deux qu'il tirait, puis relâchait entre ses poings.

— Je viens de trouver ce truc par terre, dit-il en montrant les taillis.

Il haussa les épaules et fourra la cordelette dans une poche de son blouson.

La neige se mit à tomber. La première de l'année. De gros flocons voletaient entre les arbres. Chelsea tira la langue pour en attraper un. Mais elle surprit le regard de Will et s'empressa de refermer la bouche.

— C'est habituel, la neige si tôt en octobre ? demanda-t-il.

— Je n'en sais rien, sans doute, répondit-elle en jetant un coup d'œil à sa montre. Oh ! il faut que je rentre. Je vais être en retard à mon travail.

— Désolé, je ne voulais pas te causer des ennuis, dit Will qui s'empourpra de plus belle.

Chelsea s'appuya sur le bras de Will pour franchir un gros tronc abattu.

— Ne t'en fais pas, ça va aller. C'était une super promenade, je me suis bien amusée, répondit-elle avec un grand sourire.

L'air troublé, Will rebroussa chemin d'un pas pressé. Quand ils rejoignirent leurs affaires au pied du bouleau, il se retourna brusquement vers Chelsea. Il parut hésiter, puis se lança :

— Ça te dirait d'aller au ciné samedi soir ?

— Et comment ! s'exclama-t-elle. Ce sera la première fois que j'y vais avec un garçon !

Elle ferma les yeux de honte. Pourquoi avait-elle sorti une bêtise pareille ? Pourquoi fallait-il qu'elle soit toujours aussi nulle ? Elle se baissa et ramassa son sac, espérant sans y croire qu'il n'aurait pas entendu, qu'il ne verrait pas à quel point elle était mortifiée. Elle n'avait qu'une envie : disparaître sous terre.

Elle se redressa à contrecœur et leva les yeux vers lui. Contre toute attente, il souriait.

— Tu sais garder un secret ? demanda-t-il en s'approchant d'elle. Pour moi aussi, ce sera la première fois.

— Je suis contente, répondit-elle avec gaucherie, un peu rassérénée par l'aveu de Will.

— On va le dire à personne, d'accord ? Ce sera notre secret à tous les deux, proposa-t-il.

C'est si romantique, songea Chelsea, folle de joie. Un garçon hypercraquant venait de l'inviter à sortir. Il y avait de quoi faire des bonds !

Il était si gentil, si franc.
Il était timide comme elle. Et comble du bonheur, elle lui plaisait.
— D'accord, répondit-elle sur le ton de la conspiration. Motus et bouche cousue.

9

Le lendemain après-midi, Chelsea s'exerçait au saxophone quand la porte d'entrée s'ouvrit. Sa mère entra dans le salon, les cheveux dégoulinants, le manteau trempé.
Chelsea jeta un coup d'œil par la fenêtre. Le ciel était gris comme le plomb et il tombait des cordes. La neige de la veille n'avait pas duré plus de quelques minutes. Cet après-midi, elle s'était tellement concentrée sur ses exercices qu'elle n'avait même pas remarqué la tempête.
— Ça va, maman?
Elle se précipita pour aider sa mère à se débarrasser. Il était seize heures trente.
— Ne m'en parle pas, répondit Mme Richards avec lassitude. Je suis gelée jusqu'aux os, ajouta-t-elle avec un frisson en se tournant vers sa fille.
Chelsea poussa un cri en voyant la blouse blanche de sa mère. Le devant était tout taché de sang.
— Maman, qu'est-ce qui t'est arrivé? s'écria-t-elle, affolée.
— Juste un petit accident à la maison de

retraite. Un des patients a glissé dans la baignoire et s'est coupé. Heureusement, ce n'était pas aussi grave qu'il y paraît. J'ai fait tout ce chemin sous la pluie juste pour venir chercher ma tenue de rechange. Comme par un fait exprès, je l'avais oubliée ce matin.

— Tu retournes au travail ? demanda Chelsea qui tenait toujours le manteau.

— Oui. Et je dois aussi assurer la garde d'Alice Brody. Elle a la grippe, expliqua-t-elle en montant les marches. Oh, regarde dans quel état sont mes chaussures ! Ma seule paire !

Chelsea lui emboîta le pas.

— Tu passes tout ton temps à la maison de retraite, maman. Je ne te vois plus.

— Ne recommence pas, s'il te plaît. Je ne suis pas d'humeur, crois-moi. (Elle se retourna sur le seuil de sa chambre.) Je serai là samedi soir pour dîner. Je ne prends ma garde de nuit qu'à vingt-trois heures. On mangera ensemble et on bavardera un peu.

— Désolée, mais ça ne sera pas possible.

Sa mère en resta sans voix.

— J'ai un rendez-vous, expliqua Chelsea. Avec un garçon.

Le visage de Mme Richards s'éclaira.

— C'est formidable, Chelsea !

— Tu ne te moques pas de moi ?

— Je suis trop trempée pour ça. Non, vraiment, je suis très contente pour toi. Je sais à quel point tu t'es sentie seule ces derniers temps.

Tandis que sa mère se changeait, elle lui parla de Will et de leur balade dans le parc de Shadyside.

— Il est hypertimide, mais il a l'air très sympa, conclut-elle.

Mme Richards enfila sa blouse propre et amidonnée. Elle avait l'air ravie.

— Il me tarde de rencontrer ce garçon, dit-elle à sa fille avec un grand sourire. Oh, j'allais oublier... J'ai eu papa au téléphone tout à l'heure.

— Et ?

— Il a quitté les soins intensifs. On l'a mis dans une chambre à deux. D'après les médecins, il devrait rentrer à la maison d'ici une semaine ou deux, annonça-t-elle en serrant Chelsea dans ses bras avec émotion. C'est formidable, hein ?

— Génial ! Et on va pouvoir lui rendre visite aux horaires normaux.

Elle jeta un coup d'œil au réveil sur la table de nuit.

— Il faut que j'y aille, moi aussi. Ce soir, je remplace Kristy. Si j'ai deux secondes de retard, elle va m'étriper !

— Habille-toi vite, je te dépose, dit sa mère en rectifiant sa coiffure de quelques rapides coups de brosse devant le miroir de la coiffeuse.

Avec la tempête, il n'y avait pas foule au restaurant. Seuls quelques rares clients trempés et frigorifiés poussaient la porte. La journée idéale pour les soupes, le chili con carne et le café fumant.

Chelsea eut donc tout le temps de terminer sa géométrie, assise dans le box du fond. Elle en était au dernier problème quand une silhouette sombre se glissa sans bruit sur la banquette en face d'elle. Elle leva les yeux avec étonnement.

C'était Sparks.

Il lui sourit. La pluie dégoulinait de ses cheveux sur son front. Il ôta son blouson et le fourra sur la banquette entre le mur et lui. Dessous, il portait une chemise de travail bleu délavé.

— Ça va ? fit-il en secouant la tête.

Des gouttes d'eau s'écrasèrent sur la table. Chelsea ferma son cahier.

— Ça peut aller, répondit-elle, mal à l'aise.

Voilà qu'il recommençait à la dévisager avec insistance. Sa gorge se serra et elle lorgna du côté de la cuisine. Assis sur un tabouret près de l'évier, Ernie faisait les mots croisés du journal.

Chelsea se leva, pressée d'échapper au regard de Sparks.

— Qu'est-ce que je te sers ?

— Un café, répondit-il en pianotant nerveusement sur la table. Et un *donut*, s'ils ne sont pas trop secs.

— Ils sont de ce matin.

Pourquoi ce garçon me rend-il si nerveuse ? se demanda-t-elle en posant le beignet sur une assiette. Est-ce que je lui plais ? Elle versa le café dans la tasse. Le liquide brûlant déborda dans la soucoupe.

Tu te fais vraiment des illusions, ma pauvre, se dit-elle en nettoyant la soucoupe. Comment pourrait-il s'intéresser une seconde à toi ? Tu t'imagines qu'il te trouve mignonne ? Tu parles ! Il se sent seul, c'est tout. Ou bien il se fiche de toi. Oui, c'est ça. Il joue avec toi rien que pour le plaisir de se payer ta tête, se dit-elle avec amertume.

Raison de plus ! Elle devait absolument essayer d'en savoir davantage sur lui.

Après l'avoir servi, elle se rassit à sa place. Imperturbable, Sparks mordit à pleines dents dans son *donut*.

— Tu viens d'où ? demanda Chelsea d'un air désinvolte.

Les lèvres pleines de sucre glace, il avala sa bouchée et but une gorgée de café.

— De nulle part précisément, répondit-il avec un haussement d'épaules. Je bouge beaucoup.

— Tu ne vas pas au lycée ? insista-t-elle, déterminée à lui tirer les vers du nez.

— Si, si.

— Lequel ?

— En fait, c'est pas vrai, avoua-t-il en évitant son regard (il but une nouvelle gorgée et lui sourit). J'ai laissé tomber les études.

Chelsea rit, mal à l'aise.

— C'est pourtant pas si affreux d'aller au lycée. Moi, je joue dans la fanfare.

Elle regretta aussitôt d'avoir révélé ce détail. Pourquoi fallait-il toujours qu'elle parle à tort et à travers ? Maintenant, il allait la prendre pour une gourde, c'était sûr.

— Ah bon ? Tu joues de quel instrument ? Du tuba ?

Il n'avait pas l'air de plaisanter, mais elle le prit comme une insulte. Il la trouvait moche et grosse, alors elle ne pouvait jouer que du tuba ! Pourquoi n'avait-il pas dit de la *flûte* ?

— Arrête de te moquer de moi, dit-elle en levant les yeux au ciel.

Elle regarda à nouveau du côté de la cuisine. Ernie était toujours plongé dans ses mots croisés.

— Je ne me moque pas, protesta-t-il, les mains levées, je me disais juste que tu pouvais jouer du tuba, c'est tout.

— Eh bien non, fit-elle sèchement. Je joue du saxo.

— C'était mon deuxième choix, répondit-il avec un sourire au coin des lèvres, le nez dans sa tasse.

— Et toi, tu travailles ? demanda Chelsea, préférant changer de sujet.

Le sourire de Sparks s'évanouit.

— T'aimes bien les questions, on dirait ?

Chelsea s'empourpra.

— Désolée, c'était juste par curiosité. Si tu veux que je te laisse tranquille, je...

À sa grande surprise, il lui attrapa le bras. Il serrait si fort qu'il lui faisait mal. Elle allait protester quand il la lâcha.

— Je cherche du boulot. Mes parents veulent que je travaille jusqu'à ce que je décide quoi faire.

— Tu as cherché où ?

Il jeta un regard à la ronde dans le café presque désert.

— Ici, ça me semble pas mal, répondit-il en souriant à nouveau. On dirait que tu pourrais avoir besoin d'un coup de main. Qu'est-ce que t'en dis ?

Chelsea soupira.

— C'est pas drôle. Alors, tu as cherché où ?

— J'ai passé un entretien à la filature. Je crois que ça a plutôt bien marché.

— La filature de Shadyside ? Elle est fermée

depuis des années ! Je suis allée y faire un tour il n'y a pas longtemps avec ma copine Nina.

— Mince, je me suis tapé un entretien pour rien, rétorqua-t-il sans se démonter.

Ce type mentait comme un arracheur de dents. Qu'avait-il donc à cacher ? Elle sursauta quand il lui toucha la main.

— Tu fais quoi samedi soir ? lui demanda-t-il à brûle-pourpoint. On pourrait sortir.

Et puis quoi encore ? se dit Chelsea, le cœur battant. Je ne connais rien de lui. Et je ne lui fais pas confiance une seconde.

Soudain, elle se rappela son rendez-vous avec Will.

— Samedi soir, je suis déjà invitée, répondit-elle d'un air de défi.

Sparks la sonda du regard, sans un mot.

— Dommage, marmonna-t-il en se levant brusquement.

Chelsea leva les yeux vers lui. Les sourcils froncés et les lèvres pincées, il avait l'air en colère. Il sortit deux billets d'un dollar de sa poche et les lança sur la table devant elle.

— À plus, dit-il froidement.

— Salut, répondit Chelsea d'une voix fluette qu'elle reconnut à peine.

Il prit son blouson d'un geste rageur et sortit sans même l'enfiler alors qu'il tombait des cordes.

Quel type inquiétant, se dit Chelsea, pétrifiée sur la banquette. On dirait une bombe sur le point d'exploser.

10

— On va où ? demanda Chelsea.

— Au cinéma, répondit Will en regardant droit devant lui, les deux mains sur le volant.

— Mais le centre commercial est par là, dans Division Street, objecta-t-elle en montrant la direction du doigt.

— Je sais.

Will appuya sur l'accélérateur et la vieille Pontiac bondit en avant dans un vrombissement.

— Le film passe aussi à Waynesbridge. Je l'ai lu dans le journal.

Chelsea tourna la tête vers la portière, cachant sa déception. Elle aurait préféré aller au multiplex du centre commercial. C'était le lieu de rendez-vous favori de tous les élèves de Shadyside High. Elle aurait voulu qu'on la voie avec Will. Qu'est-ce qui lui prenait de l'emmener au cinéma dans la ville voisine ?

Elle regarda les maisons défiler dans la nuit. Will avait réglé l'autoradio sur une station qui diffusait de vieux tubes. Une chanson des Beach Boys démarra.

La pluie avait fini par s'arrêter dans l'après-midi. La nuit était claire et froide. Soudain, Chelsea comprit pourquoi Will l'emmenait à Waynesbridge.

C'était leur premier rendez-vous *secret*. Il ne faisait que tenir sa promesse. Comme c'était romantique.

Elle le regarda conduire, tout émue. Comment avait-elle pu douter de lui ? Elle sourit de le voir si sérieux au volant. Elle se sentait mieux. Nerveuse et heureuse à la fois.

— C'est une très belle voiture, dit-elle en passant la main sur le vinyle du siège. Elle a quel âge ?

— J'en sais trop rien. Elle date de la fin des années soixante-dix, je crois.

— C'est la voiture de tes parents ?

— Euh... oui. C'est la seule que j'aie jamais conduite.

— Tu ferais mieux de mettre le dégivrage, tu ne crois pas ? Le pare-brise est drôlement embué.

Il ralentit pour laisser une voiture le doubler et tâtonna avec la main droite sur le côté du tableau de bord. Après bien des efforts, il actionna les feux de détresse. Chelsea réprima une envie de rire.

Soudain, une idée troublante lui traversa l'esprit. Si ses parents possédaient cette voiture depuis des années, comment se faisait-il qu'il ne sache même pas faire marcher le dégivrage ? Elle lui posa la question sans même réfléchir.

À la lueur des réverbères, elle vit qu'il avait rougi. Il ralentit un peu, les yeux toujours fixés droit devant lui, sur la route.

— J'ai l'impression que tu as deviné mon terrible secret, dit-il d'une voix calme et grave.

— Ton secret ? fit Chelsea, un peu inquiète.

Il lui glissa un regard en coin.

— Que je suis un empoté de première, expliqua-t-il en riant.

Chelsea rit aussi, soulagée.

— J'espérais que tu ne remarquerais pas ma tare. Tout au moins pas si vite. Mais c'est la triste vérité : je suis un manche complet. Je ne suis même pas fichu d'actionner le dégivrage !

— Moi aussi, je suis un peu empotée, concéda-t-elle.

Elle lui raconta la fois où l'étui de son saxophone s'était malencontreusement ouvert juste avant un concert, à son ancien lycée. La moitié des morceaux étaient tombés de la scène. Elle avait dû descendre les récupérer devant toute l'école. La honte !

Ils se racontèrent d'autres anecdotes jusqu'à leur arrivée au cinéma. Il a vraiment le sens de l'humour, songea Chelsea qui s'amusait beaucoup. Cette histoire de dégivrage semblait avoir créé entre eux une grande complicité. Jamais elle n'avait vu Will aussi détendu avec elle. Est-ce que je lui plais ? se demanda-t-elle. En tout cas, c'était l'impression qu'il donnait.

— Chouette, une place, dit-il gaiement.

Il se gara sans difficulté en marche arrière, puis coupa le contact et les phares. Il empocha les clés et ouvrit sa portière.

Quand le plafonnier s'alluma, Chelsea remarqua qu'il avait oublié son portefeuille sur le siège. Elle le ramassa.

— Tiens...

Il le lui arracha des mains avec une telle précipitation qu'elle en resta clouée sur place.

— Pardon, s'excusa-t-il, la mine renfrognée, je voulais pas te faire peur.

Il glissa le portefeuille dans la poche arrière de son jean et claqua sa portière.

Qu'est-ce qui lui a pris ? se demanda Chelsea en descendant de voiture, perplexe. Il ne pensait pas que j'allais le lui piquer quand même ?

Will s'avança vers elle en souriant. Il passa son bras autour de ses épaules et l'entraîna vers le cinéma. L'incident fut aussitôt oublié.

Le film, une comédie avec John Candy et au moins deux des frères Quaid, était plutôt drôle. Ce n'était pas vraiment le genre de film qu'appréciait Chelsea habituellement, mais elle était si heureuse d'être là, assise à côté de Will, qu'elle rit de bon cœur à tous les gags et éprouva même un petit pincement au cœur quand les lumières se rallumèrent après la course-poursuite finale.

Quand ils quittèrent le cinéma, la nuit était étonnamment douce. Un croissant de lune était accroché dans le ciel, à moitié caché derrière un nuage.

— Ça ne volait pas très haut, dit Will tandis qu'ils regagnaient la voiture.

— C'est vrai, mais c'était plutôt marrant.

— Tu as faim ? lui demanda-t-il.

Elle haussa les épaules.

— Tu sais ce qui me fait envie ? dit-il alors.

Ils étaient arrivés à la voiture. Il s'approcha d'elle sur le trottoir. Ses yeux noirs pétillaient.

— Quoi donc ? demanda-t-elle, la gorge un peu serrée.

— Aller faire un tour en voiture, se garer dans

un coin tranquille et bavarder, répondit-il en plongeant son regard dans celui de Chelsea, les mains fourrées dans les poches de son blouson.

— Bonne idée.

— Tu connais un endroit sympa ?

Autour d'eux, la rue se vidait rapidement avec la sortie des cinémas.

— Tu essaies de me faire croire que tu n'emmènes pas des filles se balader tous les samedis soir ? le taquina Chelsea.

Il s'esclaffa.

— Bien sûr que non !

— Je ne connais pas encore bien la région, mais on pourrait essayer la Crête. C'est un endroit tranquille en haut des falaises qui surplombent la rivière. D'après Nina, beaucoup d'élèves du lycée aiment se balader là-haut.

— Qui est Nina ? demanda Will d'un ton soupçonneux.

— Ma meilleure copine. En fait, c'est la seule amie que j'ai à Shadyside depuis que je suis arrivée. Et puis maintenant, il y a toi, ajouta-t-elle timidement.

Will fronçait les sourcils.

— Tu lui as parlé de notre rendez-vous ?

— Bien sûr que non, lui assura Chelsea en ouvrant sa portière. C'est notre secret, tu te souviens ?

Elle lui sourit et il se détendit.

— Évidemment, je m'en souviens.

Il contourna la Pontiac, ouvrit sa portière et se glissa au volant.

Ils prirent la direction de Shadyside en silence. L'autoradio marchait en sourdine.

— Comment on va à la Crête ? demanda Will quand ils arrivèrent aux abords de la ville. J'imagine qu'on prend la route de la rivière, ajouta-t-il, répondant lui-même à sa question.

— C'est ça, répondit Chelsea distraitement. Oh, j'adore cette chanson !

Elle chantonna quelques secondes « My girl » des Temptations.

— Tu écoutes toujours des vieux tubes, Will ?

Il ne répondit pas. Il fixait la route, l'air perdu dans ses pensées.

Elle lui toucha le bras.

— Will ?

Il sursauta.

— Oh, désolé, je pensais à un truc. Super chanson, hein ?

La Crête était peut-être un endroit très fréquenté par les lycéens à la belle saison, mais ce soir-là, il n'y avait pas un chat.

Will gara la Pontiac au bord de la falaise et coupa les phares. La rivière serpentait en contrebas, sombre et silencieuse. On apercevait au loin les lumières de Shadyside qui s'étendait sur l'autre rive.

Le cœur de Chelsea battait la chamade. Will lâcha le volant et se tourna vers elle en souriant. Il glissa un bras sur le dossier de son siège.

Il va m'embrasser, songea-t-elle avec émotion. C'est génial, ce qui m'arrive. Elle voulut humecter ses lèvres un peu sèches, mais Will ne lui en laissa pas le temps. Il se pencha vers elle et l'embrassa.

Le baiser fut bref et plutôt gauche, mais quand il releva la tête, Will souriait.

— Quelle belle nuit, lui dit-il.

Chelsea hocha la tête, un peu déçue. Elle aurait voulu que ce premier baiser dure plus longtemps. Elle aurait voulu qu'il recommence, qu'il la serre dans ses bras. Tant de fois déjà, elle s'était imaginé cet instant. Elle avait envie que ce soit comme dans ses rêves.

Mais Will ôta son bras et reposa les mains sur le volant.

— Ça te dit, une petite balade ? La vue est si belle d'ici. J'ai envie de regarder un peu la ville d'en haut, pas toi ?

Il ouvrit sa portière et descendit de voiture sans attendre la réponse de Chelsea. Elle en fit autant. Quel garçon romantique. Au lycée, il était toujours si timide, mais ici, il semblait plus sûr de lui. C'est peut-être parce qu'il commence à se sentir à l'aise avec moi, se dit-elle fièrement.

Elle claqua sa portière et le plafonnier s'éteignit. Ils se retrouvèrent dans le noir complet.

— Will ?

Où était-il passé ? Ses yeux s'accoutumèrent à l'obscurité et elle l'aperçut debout au bord de la falaise, les mains dans les poches. Il lui fit signe de le rejoindre.

— Viens voir. D'ici, la ville ressemble à une maquette.

Chelsea fit quelques pas hésitants, puis s'arrêta.

— Allez, viens, insista-t-il avec impatience.

— Je ne peux pas, j'ai le vertige, avoua-t-elle piteusement.

L'espace d'un instant, elle crut percevoir de la déception chez Will. Mais il se hâta de la rejoindre et mit un bras autour de ses épaules.

— Désolé, je ne savais pas, s'excusa-t-il avec douceur en l'entraînant vers les bois de l'autre côté de la route. On va aller dans cette direction, alors. J'aime bien la forêt la nuit, pas toi ?

— Il fait un peu froid, dit-elle en frissonnant, mais ça me plaît. C'est si paisible, ici. On a l'impression d'être seuls au monde.

Le crissement de leurs pas sur le chemin caillouteux résonnait dans la nuit. Quand ils atteignirent les premiers arbres, l'obscurité se fit plus dense encore. Il n'y avait plus aucune lumière, pas même un rayon de lune.

Will ralentit le pas et laissa Chelsea prendre plusieurs mètres d'avance. Il sortit sa cordelette de la poche de son blouson, la déroula sans bruit et la tendit brusquement entre ses mains. Un claquement sinistre retentit.

Comme il accélérait pour rattraper Chelsea, il pensa à sa sœur. Chelsea ressemblait beaucoup à Jennifer. Ou tout au moins au souvenir qu'il avait d'elle.

Toi, tu t'en es bien tirée, songea-t-il. Tu es partie avec maman. Tu ne t'es jamais fait tabasser par l'alcoolo, soir après soir. Tu n'as jamais connu l'enfer. Un enfer dont on ne s'échappe pas.

Maman et toi, vous avez eu la belle vie. Vous êtes parties en m'abandonnant derrière vous. Sans même me dire où vous alliez.

Jamais une lettre, jamais un coup de téléphone. Ah oui, vous avez vraiment eu la belle vie, toutes les deux.

Tu as peut-être oublié ton petit frère, Jennifer, mais moi je n'ai jamais cessé de penser à toi. À toi et à maman. Je pense à vous deux tout le temps.

Beaucoup de filles méritent de mourir à cause de vous.

Beaucoup de filles *vont* mourir.

Jusqu'au jour où je vous retrouverai. Alors, ce sera votre tour.

Vous aussi, vous connaîtrez la mort. Comme moi tous les soirs. J'aurais tellement voulu mourir...

Il inspira une longue goulée d'air froid. Puis, retenant son souffle, il s'approcha de Chelsea et leva la cordelette tendue entre ses poings.

11

La lumière les fit sursauter tous les deux. Will eut juste le temps de cacher la cordelette dans la poche de son blouson. Chelsea se tourna vers lui.

— Qu'est-ce c'est ?

Des phares. Une voiture était en train de se garer non loin de la Pontiac.

— Ils m'ont fait peur, murmura-t-elle en lui prenant le bras. On est si loin de tout ici et...

— Il commence à y avoir un peu trop de monde dans le coin, dit Will avec un rire qui sonnait faux. Viens.

Il lui prit la main et l'entraîna vers leur voiture. Le sang battait sourdement à ses tempes. Quand il avait vu les phares, il avait d'abord cru que c'était une voiture de patrouille à la recherche de la vieille Pontiac qu'il avait volée l'après-midi.

Mais ce n'était pas la police. Juste une fille et un garçon qui cherchaient un endroit tranquille. Ils avaient fichu son plan à l'eau. Il allait devoir la raccompagner et abandonner la voiture quelque part. Tout était à recommencer.

Un peu de patience, se dit-il, les nerfs à vif, d'autres occasions se présenteront. Bientôt. Il lui ouvrit la portière et se força à sourire.

Will mit le contact et recula sur la route. Chelsea frissonna. Elle fourra ses mains dans ses poches et se laissa aller contre le dossier.

— C'était bien, cette balade, dit-elle d'un ton rêveur. C'est si beau là-haut.

Will l'approuva, les yeux fixés sur la route.

Jamais Chelsea n'avait été aussi heureuse. À son ancien lycée, elle avait toujours été un peu à l'écart, dans son coin. Le genre à passer ses samedis soir devant la télé, pendant que ses copines sortaient. Et si tu changeais de coiffure ? Perds donc quelques kilos. Pourquoi tu ne t'habilles pas plus sexy ? Combien de fois n'avait-elle pas dû supporter leur rengaine ?

Maintenant, leurs conseils, elles pouvaient se les garder. Elle avait enfin trouvé un garçon qui l'aimait. Il l'avait embrassée et emmenée faire une balade romantique. Le bonheur !

Ravie, elle se lova contre lui.

— Et si on allait chez moi ? murmura-t-elle.

Will ne réagit pas tout de suite. Une fois de plus, il semblait perdu dans ses pensées. Chelsea crut même qu'il n'avait pas entendu.

— Chez toi ? finit-il par dire.

— Oui, répondit-elle avec un sourire. Il n'y a personne à la maison. Ma mère est au travail et mon père à l'hôpital.

Will garda les yeux rivés sur le pare-brise, mais elle discerna son sourire dans la pénombre de l'habitacle. Un sourire qui lui fit chaud au cœur. Il est d'accord, se dit-elle. Il m'aime, c'est sûr.

À la fois folle de joie et un peu nerveuse, elle ferma les yeux. Lorsqu'elle les rouvrit, elle se sentit plus calme. Elle indiqua la route à Will.

Quand elle lui dit qu'elle habitait Fear Street, il ne fit aucun commentaire, contrairement aux autres, au lycée. Il ne connaît sans doute pas cette rue, se dit-elle. Il n'a pas encore entendu parler des trucs horribles qui s'y sont produits d'après certains.

Ils arrivèrent à destination. Chelsea bondit quasiment de la voiture. Elle *adorait* Fear Street ! C'était la plus belle rue qu'elle connaissait ! C'était la plus belle soirée de sa vie !

Will la suivit dans l'allée. Le perron était plongé dans l'obscurité. Elle avait oublié d'allumer la lanterne. Tout énervée, elle fouilla son sac à la recherche de ses clés et les fit tomber sur le paillasson. Ils se baissèrent en même temps pour les ramasser, mais Will la prit de vitesse.

Pourvu qu'il ne remarque pas que ma main tremble, se dit Chelsea qui cafouilla quelques secondes avec la serrure. Pourquoi était-elle aussi nerveuse ? C'était idiot.

Elle alluma la lumière du vestibule et accrocha sa veste à la boule de l'escalier. Will prit quelque chose dans sa poche et mit son blouson par-dessus le sien. Elle le fit entrer dans le salon plongé dans l'obscurité.

Quand elle voulut allumer la lampe sur la table basse près du canapé, il lui prit doucement la main. Avant qu'elle ait pu réagir, il l'attira dans ses bras et l'embrassa avec fougue. Chelsea n'en revenait pas.

— Will...

Elle avait la tête qui tournait. Elle voulait reprendre son souffle. Mais il ne la lâcha pas. Tendrement, mais avec fermeté, il l'entraîna sur le canapé et l'embrassa de plus belle.

Chelsea en avait des frissons partout. Elle ouvrit les yeux. Elle voulait ne pas en perdre une miette. Elle tenait à tout voir malgré la pénombre, afin de pouvoir se remémorer le moindre détail.

Elle frissonna à nouveau et réalisa qu'elle était gelée. Depuis leur promenade, elle n'avait pas réussi à se réchauffer. Comment est-ce que je peux penser à une chose pareille en ce moment ? se dit-elle. Comment est-ce que je peux même *penser* ? Laisse-toi aller...

Quand ils furent tous deux à bout de souffle, elle se blottit contre lui et ferma les yeux. Tandis qu'elle savourait son bonheur, la tête posée sur son épaule, Will sortit la cordelette de la poche arrière de son jean.

12

Chelsea se leva d'un bond. Will lâcha la cordelette derrière les coussins.

— Je suis gelée, dit-elle en se frottant vigoureusement les bras. Tu veux un chocolat chaud ?

Elle s'étonna de la mine désappointée de Will. Il faut dire qu'il n'avait pas l'air d'avoir froid, lui. Il avait les joues rouge brique.

— Un chocolat chaud ? répéta-t-elle. Je vais à la cuisine en préparer, d'accord ?

Pourquoi avait-il toujours l'air dans la lune ? Était-ce sa timidité ?

Le visage de Will s'éclaira.

— D'accord, bonne idée. Je vais t'aider.

— Pas la peine, dit-elle en se dirigeant vers le vestibule éclairé. Mais tu peux me tenir compagnie si tu veux.

— Où sont les toilettes ? demanda-t-il.

Chelsea lui montra, puis alla à la cuisine. Elle alluma la lumière, remplit la bouilloire et alluma le gaz. Elle prit deux tasses dans le placard. Puis elle chercha les sachets de cacao en poudre.

Cette soirée se passe si bien, songea-t-elle, aux anges. Elle jeta un coup d'œil à la pendule au-dessus de la porte. Minuit moins vingt. Dommage qu'il soit déjà si tard. Elle aurait voulu que cela dure indéfiniment.

Elle cherchait encore le cacao dans le placard, parmi les boîtes de céréales et de pâtes, quand Will s'approcha d'elle par-derrière. Il tenait la cordelette bien serrée entre ses doigts, avec un peu de mou pour la lui passer par-dessus la tête. Une fois la cordelette autour du cou, il serrerait le plus fort possible jusqu'à ce qu'elle suffoque.

Ça ne prendrait pas longtemps. Un jeu d'enfant.

Bien sûr, il aurait été plus simple de la pousser du haut de la falaise. Une petite bourrade par-derrière et hop, bon débarras. Mais non, elle avait décidé de lui compliquer la vie !

Il se glissa derrière elle sur la pointe des pieds et leva la cordelette, les yeux rivés sur ses boucles châtains. Ses mains ne tremblaient pas. Il en avait vu d'autres. Doucement, très doucement, il continua de lever les bras. Il était si proche qu'il sentait son parfum aux effluves de citron et qu'il pouvait lire l'étiquette qui dépassait du col de son pull.

Il détestait les filles qui ne rentraient pas leurs étiquettes. Sa sœur aussi avait cette sale habitude. Il lut ce qu'elle indiquait : « taille L ».

Adieu, Chelsea...

À cet instant, on sonna à la porte d'entrée. Will eut le réflexe de lâcher la cordelette. Il s'efforça de trouver une contenance.

— Will ! s'exclama Chelsea en se retournant. Je ne t'avais pas entendu arriver. (Elle lui donna les deux sachets de cacao :) Tiens, verse ça dans les tasses. Je vais voir qui c'est.

Elle sortit de la cuisine en courant. Les mâchoires crispées, Will se pencha et ramassa la cordelette sur le carrelage.

Si près du but...

Il jeta un coup d'œil à la pendule. Qui pouvait bien venir si tard ? Qui osait interrompre leur première – et dernière – soirée ? Sa mère ? Impossible. Elle n'aurait pas sonné. Et puis Chelsea avait dit qu'elle travaillait.

Will posa les sachets près des tasses. Il s'avança sans bruit jusqu'à la porte et tendit l'oreille.

Chelsea ouvrit la porte d'entrée, un peu inquiète.

— Nina ?

— Oh, Chelsea ! Excuse-moi de débarquer à une heure pareille, mais il fallait que je vienne !

Son amie avait les yeux rouges. Ses cheveux blonds, d'ordinaire si bien coiffés, étaient en bataille.

— Nina, qu'est-ce qui t'arrive ? s'inquiéta Chelsea en s'effaçant pour la laisser entrer.

Nina pénétra dans le vestibule, éblouie par la lumière vive.

— C'est Doug. On a eu une grosse dispute. Je crois qu'il va me laisser tomber ! Cette fois, c'est sérieux !

— Viens, entre, dit Chelsea distraitement, regardant vers la cuisine pour voir si Will sortait.

C'est tout Nina, songea-t-elle tristement. Elle débarque sans crier gare, sans même me demander si elle dérange ou si je suis occupée. Elle est tellement obsédée par Doug qu'elle ne peut penser à personne d'autre.

Nina surprit son regard.

— Je te dérange ? Tu as du monde ?

— Je suis avec un garçon, murmura Chelsea, incapable de réprimer un petit sourire triomphant.

— Non, c'est vrai ? s'exclama Nina. Un garçon ?

Par réflexe, elle s'arrêta devant le miroir de l'entrée. Chelsea la foudroya du regard.

— Je suis désolée, dit Nina en plaquant ses mains sur ses joues brûlantes. Je ne sais plus où j'en suis. Il fallait que je parle à quelqu'un. Je n'arrêtais pas de pleurer. Alors j'ai pris la voiture et je...

— Va t'asseoir, l'interrompit Chelsea en lui montrant le salon. J'arrive tout de suite. Je veux que tu fasses sa connaissance.

Nina hésita, puis s'exécuta. Chelsea se dépêcha de retourner à la cuisine.

— Will, je suis désolée, chuchota-t-elle pour que Nina n'entende pas, mais je crois qu'on ne va pas pouvoir garder le secret. Ma copine Nina est là et...

Elle s'arrêta net, bouche bée.

La porte qui donnait sur le jardin était grande ouverte. Will était parti.

13

— Chelsea, tu ne pourrais pas faire un peu moins de bruit ? demanda Mme Richards, assise à la table de la salle à manger. J'essaie de lire.

— Maman, on ne peut pas faire moins de bruit avec un saxophone, répliqua Chelsea avec agacement en farfouillant parmi les partitions posées sur le pupitre qu'elle avait installé devant le canapé.

— Même en enlevant l'embout ? demanda sa mère, cachée derrière son journal.

— Pourquoi tu te moques toujours de moi dès que je joue ? soupira Chelsea en faisant ses exercices de doigté.

— Je ne veux surtout pas que tu aies la grosse tête, rétorqua Mme Richards sans lever le nez.

— Pourquoi tu ne m'encourages jamais ? insista Chelsea.

— T'encourager ? Je déteste le saxophone !

Chelsea porta l'instrument à ses lèvres et souffla dans l'embout de toutes ses forces. Le son tonitruant fit sursauter sa mère, qui faillit en lâcher son journal. Elle baissa les pages et foudroya sa fille du regard.

Toutes deux éclatèrent de rire.

— Bon, je propose une trêve, décréta Mme Richards.

— D'accord.

Chelsea humecta l'anche et s'apprêtait à jouer sa partition de l'Hymne de Shadyside High quand le téléphone sonna. Elle posa son instrument par terre et se leva.

— Sauvée par le gong ! s'exclama Mme Richards avec soulagement.

— Hé ! la trêve a été de courte durée ! protesta Chelsea en décrochant.

— Salut, je n'appelle pas trop tôt ?

Il lui fallut quelques secondes pour reconnaître la voix. C'était Will.

— Salut. Non, je suis une lève-tôt.

— C'est qui ? s'enquit sa mère de l'autre bout de la pièce.

— C'est pour moi, répondit Chelsea qui se tourna vers le mur pour parler plus tranquillement. Pourquoi tu es parti sans rien dire hier soir ? murmura-t-elle dans le combiné.

— Quoi ?

La question semblait le surprendre.

— Ben oui, quand je suis revenue à la cuisine, tu n'étais plus là. Qu'est-ce qui t'a pris ?

— Tu ne m'as pas entendu te dire salut ?

— Non.

— Je t'ai appelée. J'ai dit que je devais y aller. J'ai cru t'entendre me répondre. Tu ne te souviens pas ? Je t'ai dit que j'appellerais ce matin.

Chelsea était perplexe. Était-il possible qu'elle ne l'ait pas entendu ?

— Ah bon...

Elle ne savait plus quoi dire.

Elle avait été si contrariée de voir qu'il était parti. Elle avait fini par se convaincre qu'il n'avait pas voulu voir Nina par timidité. Ou, romantique comme il l'était, qu'il avait absolument voulu garder leur secret jusqu'au bout.

— Je suis contente que tu m'appelles, finit-elle par dire.

— Qui est-ce ? demanda sa mère de derrière son journal. Un garçon ?

— Maman, s'il te plaît ! protesta Chelsea, une main plaquée sur le combiné.

— Oh, pardon! la taquina sa mère tellement peu discrètement que Chelsea n'entendit pas Will à l'autre bout de la ligne.

— Désolée, Will, tu disais?

— Je te demandais si ça te disait de sortir ce soir. Pour nous rattraper d'hier.

Il est vraiment adorable, songea-t-elle, attendrie. Elle aurait voulu pouvoir accepter, mais c'était impossible.

— Je ne peux pas, répondit-elle. Je dois rendre visite à mon père à l'hôpital et j'ai des tonnes de devoirs à faire. Je n'ai même pas encore commencé la dissertation pour mardi.

— Dommage...

Will semblait très déçu. Une réaction qui ravit Chelsea.

— Écoute, si tu veux, tu peux venir me chercher après le travail demain soir, proposa-t-elle, surprise de sa propre audace.

— D'accord, bonne idée, approuva Will.

Elle lui expliqua où se trouvait le restaurant.

— On ferme à vingt et une heures, ajouta-t-elle. Et je sentirai sûrement les frites.

Elle détestait cette odeur de graillon qui lui collait à la peau à chaque fois qu'elle travaillait.

— Ça ne me dérange pas, j'adore les frites, la rassura Will en riant.

Ils bavardèrent encore un peu de tout et de rien. Il ne semble pas avoir envie de raccrocher, nota Chelsea avec satisfaction.

De retour dans la salle à manger, elle fut surprise de voir que sa mère la dévisageait avec insistance.

— Tu as un petit copain ? lui demanda-t-elle.

— Maman, tu n'es pas obligée d'avoir l'air si ébahie ! bougonna Chelsea, agacée. Ce n'est quand même pas si extraordinaire qu'un garçon s'intéresse à moi !

— Désolée, s'excusa Mme Richards. C'est ce garçon avec qui tu es allée au cinéma hier soir ? Comment s'appelle-t-il déjà ?

— Will Blakely. Lui aussi est nouveau au lycée.

— C'est formidable, ma chérie, la félicita sa mère, sincèrement heureuse. Tu me le présenteras ?

Elle consulta sa montre et se leva d'un bond.

— Je ne m'étais pas rendu compte de l'heure. Il faut que j'y aille, dit-elle sans attendre la réponse de sa fille.

Quelques minutes plus tard, elle était partie.

Chelsea écouta la voiture s'éloigner, puis ramassa son saxophone. Un mouvement devant la fenêtre accrocha son regard. Il neigeait.

Drôle de mois d'octobre, songea-t-elle.

Elle s'approcha de la baie vitrée qui donnait sur le petit jardin de devant. Il n'y avait pas un souffle de vent et une nuée de gros flocons duveteux tombaient droit du ciel. C'était un spectacle magnifique, presque irréel. Elle courut à la porte d'entrée, l'ouvrit et se figea, pétrifiée.

Un homme à la carrure imposante, sanglé dans un long imperméable noir, se tenait sur le seuil et l'observait d'un regard glacial qui la terrifia.

14

Chelsea recula précipitamment et claqua la porte.

L'homme fronça les sourcils. Des flocons blancs s'accrochaient à ses cheveux blonds coupés en brosse. Il leva une main.

Réfugiée derrière le panneau vitré de l'entrée, Chelsea plissa les yeux. Qu'est-ce que ce type lui montrait ? C'était une sorte d'insigne. La carte qui l'accompagnait indiquait « FBI ».

L'homme recula d'un pas, puis d'un autre, comme pour lui montrer qu'il n'était pas animé de mauvaises intentions.

Le cœur battant, Chelsea hésita, puis entrebâilla de nouveau la porte. Une bourrasque glaciale s'engouffra dans la maison.

— Qu'est-ce que vous voulez ?

— Désolé de vous avoir fait peur, répondit l'homme d'une voix chaleureuse, pas du tout la grosse voix de baryton à laquelle elle s'attendait. Agent Martin, du FBI. Vos parents sont-ils à la maison ?

À travers le rideau de neige, Chelsea aperçut une Plymouth noire garée dans la rue.

— Non, ils ne sont pas là, répondit-elle d'une voix hésitante.

Le policier la sondait du regard. Ses yeux d'un bleu clair presque transparent semblaient voir à travers elle.

— Puis-je vous poser quelques questions ?

Chelsea hocha faiblement la tête et s'effaça pour le laisser entrer. L'homme rempocha son insigne.

— Ça ne prendra que quelques minutes, dit-il en essuyant soigneusement ses chaussures bien cirées sur le paillasson. Il fit tomber les flocons qu'il avait dans les cheveux et suivit Chelsea dans le petit vestibule.

— Comment vous appelez-vous ? demanda-t-il.

Chelsea répondit.

— J'ai fait quelque chose de mal ? s'inquiéta-t-elle.

L'agent fédéral esquissa un sourire. Un sourire froid, mais l'espace d'un instant, son regard s'adoucit. Il secoua la tête.

— Pas du tout, mademoiselle Richards. Mon collègue et moi enquêtons dans le quartier. Nous allons de maison en maison interroger les gens. Nous sommes à la recherche d'un jeune homme.

— Un jeune homme ? répéta Chelsea, intriguée.

— Vous êtes inscrite à Shadyside High ? demanda l'officier en jetant un coup d'œil du côté de la cuisine.

— Oui, depuis le mois dernier. Nous venons juste d'arriver ici.

— Belle ville, dit Martin d'un air si imperturbable qu'elle ne sut s'il plaisantait ou non. Vous avez peut-être vu le jeune homme en question. Taille moyenne, corpulence moyenne, mais bien musclé au niveau du torse et des bras comme s'il faisait du body-building, vous voyez ? Il a des cheveux noirs bouclés. Et des yeux noirs. La dernière fois qu'il a été vu, il portait un jean et un blouson de cuir noir.

— Je ne sais pas, répondit Chelsea. Il y a beaucoup de garçons qui ressemblent à cette description.

— Réfléchissez bien. Y a-t-il quelqu'un à votre lycée qui réponde à ce signalement ? Vous travaillez ? Peut-être quelqu'un à votre travail ?

À ces mots, un déclic se produisit dans l'esprit de Chelsea.

Tim Sparks !

Mon Dieu, Sparks correspondait trait pour trait au signalement !

— Ce garçon est-il... dangereux ? demanda-t-elle, incapable d'empêcher sa voix de trembler.

Le policier hocha la tête, l'air sombre. Il plissa les yeux, comme pour mieux observer sa réaction.

— Cet individu est *très* dangereux et nous avons des raisons de penser qu'il se trouve dans la région de Shadyside.

Chelsea ouvrit la bouche, puis se ravisa. Que faire ? Devait-elle parler de Sparks au policier ?

— Si vous avez rencontré quelqu'un qui correspond à ce signalement, il est dans votre intérêt de m'en parler, dit l'agent fédéral comme s'il avait lu dans ses pensées.

Les mains fourrées dans les poches de son imperméable, il se balançait d'un pied sur l'autre avec impatience sans la quitter des yeux.

— Vous avez dit des cheveux noirs bouclés ? dit Chelsea pour gagner du temps. Le genre sportif ?

Le policier hocha la tête.

Sparks lui avait toujours paru un peu agressif. Oui, ça collait.

— Un garçon est venu plusieurs fois au restaurant de mon père. J'y travaille après les cours. Je crois qu'il correspond à votre description.

Elle s'appuya contre la balustrade de l'escalier, très nerveuse.

Martin sortit un calepin et un stylo de la poche de sa chemise. Il griffonna quelques mots.

Comme les inspecteurs à la télé, songea Chelsea.

— Il vous a dit son nom ? demanda le policier sans lever les yeux de son carnet.

— Oui. Tim Sparks. Mais il m'a dit que tout le monde l'appelait Sparks.

— Sparks, répéta Martin qui nota le nom.

— Il a déjà eu des ennuis ? s'enquit Chelsea, se rappelant ses inquiétants accès de colère.

Le policier ne répondit pas.

— Êtes-vous sortie avec lui ?

— Non ! s'exclama Chelsea avec davantage de véhémence qu'elle ne l'aurait voulu. Non, je lui ai juste parlé une ou deux fois au restaurant.

— Vous a-t-il dit où il habitait, mademoiselle Richards ?

Elle secoua la tête.

— Je ne m'en souviens pas. Non, je ne crois pas. À ce qu'il m'a dit, il cherchait du travail.

— Fréquente-t-il votre établissement ? continua Martin en notant l'information.

— Pardon ?

— Votre lycée, Shadyside High. Y avez-vous déjà vu ce garçon ? Il lui arrive de se faire passer pour un lycéen. Il a vingt ans, mais en paraît plutôt dix-sept.

L'agent du FBI attendit patiemment la réponse de Chelsea.

— Non, je ne l'ai jamais vu au lycée. Seulement à mon travail.

Il lui demanda le nom et l'adresse du café.

— Merci, mademoiselle. Vous m'avez été très utile, dit-il en rempochant calepin et stylo.

Il lui tendit une carte de visite.

— Tenez, si jamais un autre détail vous revient, n'hésitez pas à m'appeler à ce numéro.

Il ouvrit la porte et se retourna sur le seuil.

— Si vous le revoyez, vous m'appelez, d'accord ?

— D'accord.

— Surtout ne prenez pas de risques, ajouta-t-il en regardant dehors.

La neige avait cessé. Elle n'avait pas tenu. Le collègue de l'agent Martin l'attendait près de la Plymouth noire.

— Euh... oui, répondit Chelsea, pas rassurée du tout.

— Et ne perdez pas ma carte, dit-il en descendant les marches du perron.

Elle le regarda traverser le jardin à grandes enjambées décidées. Les pans de son long imperméable flottaient derrière lui. Puis elle referma la porte et s'adossa contre le battant, et ferma les yeux, la main crispée sur la carte.

Ce Sparks lui avait toujours paru un peu excité. Mais de là à penser qu'elle avait affaire à un criminel... Comment aurait-elle pu imaginer qu'il était recherché par le FBI ?

Et en plus il l'avait invitée! Que lui serait-il arrivé si elle était sortie avec lui ? Dieu sait ce qu'il aurait pu lui faire !

Puis une autre pensée effrayante lui traversa l'esprit. Et s'il revenait au restaurant ?

15

— Alors, ton copain mystère, il se cache où ? demanda Nina qui s'assit à table à côté de Chelsea dans un raclement de chaise.

Elle sortit son déjeuner d'un sac de papier kraft : un yaourt à la vanille et une pomme granny.

— Il n'était pas en cours ce matin.

Chelsea avait étalé son déjeuner devant elle. Au menu, sandwich au jambon, chips, flan au chocolat et un Coca.

Nina doit me prendre pour une vraie goinfre, songea-t-elle piteusement. Mais si je n'avale qu'un malheureux yaourt et une pomme, mon estomac va crier famine tout l'après-midi.

— Tu veux un peu de mon yaourt ? demanda Nina. J'arriverai jamais à finir ce grand pot.

— Non, merci.

Chelsea passa ses envies de meurtre sur son sandwich au jambon, qu'elle croqua à belles dents.

D'un air absent, Nina plongea la main dans le sachet de chips de son amie.

— Alors parle-moi un peu de Will, dit-elle, les yeux rivés sur la porte de la cafétéria.

— Il est drôlement mignon, expliqua Chelsea. Et c'est un grand timide. Il rougit toujours pour un oui ou pour un non.

— Ah bon ? fit Nina qui ne prêtait pas vraiment attention à son amie.

— Tu attends quelqu'un ? demanda Chelsea avec une pointe d'agacement.

Elle but une longue gorgée de Coca.

— Doug, répondit Nina en se resservant en chips. On s'est réconciliés hier soir.

— Super, fit Chelsea avec enthousiasme. On pourrait faire quelque chose ensemble tous les quatre le week-end prochain.

— Hum, fit Nina sans vraiment écouter. À propos... qu'est-ce qui est arrivé à Will samedi soir quand je me suis pointée chez toi ? Pourquoi a-t-il disparu comme ça ?

Chelsea ne savait que répondre. Après une hésitation, elle expliqua à son amie que Will avait tenu à garder secrète leur première soirée ensemble.

— Bizarre, commenta Nina avec un froncement de sourcils.

Soudain, elle aperçut Doug à l'entrée de la cafétéria. Elle se précipita à sa rencontre.

Chelsea mastiqua son sandwich, regardant sans le voir le yaourt à peine entamé de Nina. Pourquoi Will n'était-il pas en cours ce matin ? Il était peut-être malade ? Il n'allait peut-être pas pouvoir venir la retrouver ce soir après le travail.

Elle mourait d'impatience de le revoir. Elle avait hâte de lui raconter sa rencontre avec un vrai agent du FBI. Elle avait hâte de lui parler de Sparks, de lui dire qu'elle avait failli sortir avec un dangereux criminel !

Will allait adorer cette histoire, elle le savait. Il la trouverait passionnante.

Ils avaient tellement de points communs, tous les deux.

Ce soir-là, le restaurant était bondé à l'heure du repas. Chelsea avait du mal à se concentrer sur les clients. Elle n'arrêtait pas de lever les yeux vers la pendule. Will viendrait-il à l'heure de la fermeture ?

— Pour la cinq ! annonça Ernie depuis la cuisine. Chelsea, tu es sourde ou quoi ? cria-t-il en frappant du plat de la main sur le passe-plats où attendaient les assiettes.

— Désolée.

Elle se dépêcha de les prendre.

— T'es bizarre, ce soir, bougonna le cuisinier. T'es amoureuse ou quoi ?

Chelsea eut un rire gêné. Elle sentit ses joues s'empourprer. Nouveau coup d'œil à la pendule. Seulement vingt heures trente.

Tandis qu'elle regagnait le comptoir, les bras chargés d'une pile d'assiettes sales, quelqu'un lui tapota sur l'épaule. Sparks ! Elle poussa un cri et lâcha les assiettes qui se brisèrent en mille morceaux sur le carrelage. Elle fit volte-face. Un homme d'une quarantaine d'années la regardait avec stupéfaction.

— Je ne pensais pas vous faire peur à ce point, mademoiselle, je voulais juste le ketchup.

Chelsea poussa un soupir de soulagement.

— Désolée d'avoir hurlé comme ça. C'est juste que...

Il se baissa et voulut l'aider à nettoyer les dégâts.

— Non, laissez ça, s'il vous plaît, dit-elle. Ça fait partie de mon travail. Je m'en occupe. Et je vous apporte le ketchup tout de suite.

L'homme regagna sa banquette. Elle ramassa les plus gros morceaux de porcelaine, balaya le reste et jeta le tout à la poubelle en pestant.

La dernière demi-heure avant la fermeture lui parut la plus longue de sa vie. Derrière le gril, Ernie n'arrêtait pas de la mettre en boîte avec des clins d'œil appuyés. Elle n'en pouvait plus !

Calme-toi, Chelsea, ne cessait-elle de se répéter sans grand effet.

Les derniers clients partirent peu après vingt et une heures. Elle baissa les lumières et vida la caisse.

— Will, où es-tu ? se demanda-t-elle à voix haute en apportant l'argent et le double des additions dans le petit bureau.

Il était peut-être malade en fin de compte. Ça expliquerait son absence au lycée. Elle se promit de l'appeler dès qu'elle serait rentrée.

S'il ne venait pas.

Chelsea commença à faire les comptes, pensa à Will au beau milieu de ses calculs et dut recommencer au début.

Au passage, elle avait remarqué que le gril n'était ni nettoyé, ni même éteint. Elle entendait encore le sifflement des brûleurs qu'accompagnaient le bourdonnement du réfrigérateur et le flic-flac régulier du robinet mal fermé qui gouttait sur les piles d'assiettes sales dans l'évier en inox.

Où était donc passé Ernie ? Sûrement dans la ruelle à vider les poubelles, se dit-elle. Elle se perdit une nouvelle fois dans ses calculs. La barbe, une dernière fois, après j'arrête.

À cet instant, elle entendit tinter le carillon de la porte d'entrée. Elle se figea.

En principe, elle verrouillait toujours la porte avant de vider la caisse. Mais, ce soir, elle avait dérogé à la règle. Au cas où Will viendrait...

La porte se referma doucement. Des pas résonnèrent sur le carrelage.

— Will ? appela-t-elle d'une voix bien trop faible pour porter au-delà de la cuisine.

Un silence inquiétant enveloppa le petit restaurant.

— Will ? répéta-t-elle, un peu plus fort.

Les bruits de pas reprirent, un peu traînants.

— Will, c'est toi ?

Pourquoi ne répondait-il pas ?

Soudain alarmée, Chelsea fourra l'argent et les additions dans le tiroir du bureau et le referma en hâte. Le cœur battant à tout rompre, elle s'avança jusqu'à la porte de la cuisine. Toujours pas d'Ernie. Il ne fallait quand même pas des heures pour vider les poubelles. Décidément, il n'était jamais là quand elle avait besoin de lui.

— J'arrive, Will !

Elle traversa la cuisine et jeta un coup d'œil dans la pénombre de la salle par le passe-plats. Personne.

— Will ?

Pourvu que ce soit lui. C'était *forcément* lui.

16

Chelsea prit son courage à deux mains et sortit de la cuisine. Elle se glissa derrière le comptoir.

— Qui est là ? demanda-t-elle en s'efforçant de prendre une voix assurée.

Une silhouette émergea de la pénombre d'un box. C'était Sparks. Il avait un sourire bizarre qui lui fit froid dans le dos.

— Sparks ? Qu'est-ce que tu fais ici ? demanda-t-elle, les mains crispées sur le bord du comptoir.

Il s'avança lentement vers elle d'un pas mécanique, un peu comme un zombi. Il avait le regard glauque et un rictus inquiétant au coin des lèvres. Il pouffa de rire.

Il veut me faire peur ou quoi ? se demanda Chelsea. En tout cas, si c'est ce qu'il cherche, c'est réussi.

Elle glissa une main sous son tablier dans la poche de son jean. Ses doigts se refermèrent sur la carte de l'agent fédéral.

— C'est fermé, Sparks.

Il s'esclaffa à nouveau et fit un pas mal assuré vers le comptoir.

— Viens par ici, ânonna-t-il, les yeux dans le vague.

— Sparks, tu as bu, réalisa Chelsea, le dos contre le mur.

— Juste quelques bières, répondit-il avec un haussement d'épaules. Allez, viens, sois sympa...

— Va-t'en, c'est fermé.

Il prit appui sur un tabouret du bar.

— Arrête, je sais que je te plais.

Chelsea suivait le moindre de ses mouvements. Elle se souvint de l'expression du policier quand elle lui avait demandé si Sparks était dangereux. Et comment qu'il l'était !

Quels crimes avait-il donc pu bien commettre ? Sûrement des trucs horribles, pour être recherché par le FBI.

— Allez viens, quoi... Fais pas ta timide... insista Sparks, vautré sur le tabouret, le front baigné de sueur.

— Sparks, arrête, c'est pas drôle...

Il plongea vers elle et s'affala sur le comptoir.

— Ernie ! cria Chelsea, affolée.

Pas de réponse.

Prise de panique, elle se réfugia dans la cuisine.

— Hé ! C'est juste pour se marrer ! s'exclama Sparks qui secoua la tête pour s'éclaircir les idées. Reviens !

Chelsea se précipita vers l'issue de secours. Une fois dehors, elle courrait jusqu'à la rue et, là, elle trouverait sûrement de l'aide.

— Qu'est-ce qui te prend, bon sang ! hurla

Sparks dont la silhouette massive s'encadra dans la porte.

Les deux mains plaquées contre le chambranle, il lui bloquait le passage. Chelsea essaya d'ouvrir la porte de derrière. Elle s'acharna sur la poignée. Rien à faire. Elle était prise au piège !

— J'te veux pas de mal, ânonna Sparks d'une voix pâteuse. C'est juste pour rigoler... T'as pas envie de rigoler ?

Il s'avança vers elle en titubant.

— Va-t'en ! Laisse-moi tranquille à la fin !

Elle enleva son tablier et le jeta par terre. Prenant son courage à deux mains, elle s'élança vers le bar. Elle n'avait pas le choix, c'était la seule issue. Et Sparks n'était pas en état de lui courir après. Tout au moins l'espérait-elle...

Hilare, il essaya de l'attraper. La peur au ventre, Chelsea parvint à l'esquiver, manquant au passage de percuter le gril. Sparks éclata d'un rire de dément et lui sauta dessus. Elle l'évita de justesse et fonça vers le bar.

Soudain, il y eut un choc, suivi d'un grésillement atroce. Chelsea se retourna. Déséquilibré, Sparks était tombé sur le gril, une main plaquée sur la surface brûlante. Il poussa un hurlement et tomba à genoux.

Pétrifiée sur le seuil, Chelsea le regardait se tordre de douleur sur le sol. Il faut que je lui porte secours, se dit-elle en se précipitant vers lui. Et après j'appelle le FBI.

Elle l'aida à se relever et le poussa vers l'évier. Puis elle ouvrit le robinet d'eau froide.

— Mets ta main sous l'eau, lui dit-elle. Ça va

te faire du bien.

Sparks poussa un gémissement et se laissa faire.

— Eh! Où... tu vas? parvint-il à articuler en la voyant partir.

— Appeler une ambulance. Je reviens tout de suite.

Chelsea courut au téléphone, à l'autre bout du comptoir, prit la carte de l'agent Martin et décrocha.

— J'appelle d'abord le FBI, décida-t-elle.

Elle composa le numéro d'une main tremblante. Le combiné plaqué sur l'oreille, elle ne quittait pas des yeux la porte de la cuisine.

Sparks était toujours devant l'évier, la main sous l'eau, les traits déformés par la douleur.

Une sonnerie. Deux.

— Décrochez! supplia Chelsea à voix basse.

— Agent Forrest, fit une voix de basse à l'autre bout de la ligne.

— Euh... l'agent Martin est-il là, s'il vous plaît? murmura Chelsea, le combiné niché dans ses paumes.

— Non, il est sorti, je peux vous aider? demanda l'homme d'un ton bourru.

— Oui, Ici, Chelsea Richards. Je suis à l'*Old Village Café*. Pourriez-vous...

Chelsea sursauta. Sparks était juste derrière elle, soutenant sa main blessée.

— T'as prévenu l'hôpital? demanda-t-il faiblement, le visage baigné de sueur.

— Sparks, retourne mettre ta main sous l'eau, lui dit Chelsea, parlant dans le combiné pour que l'agent du FBI entende. L'ambulance arrive.

Il y eut un bref silence à l'autre bout de la ligne.

— Nous arrivons, mademoiselle Richards. Faites votre possible pour qu'il ne parte pas. Nous nous occupons de l'ambulance. Vous menace-t-il ?

— Non, je ne crois pas, répondit Chelsea d'une voix mal assurée.

— Ne craignez rien, nous arrivons.

Le policier raccrocha.

Sparks s'affala sur la banquette la plus proche. Sa main blessée posée sur la table, il se balançait d'avant en arrière en gémissant faiblement.

Chelsea ralluma toutes les lampes, contourna le comptoir et s'approcha de lui.

— L'ambulance arrive ? demanda-t-il.

Elle fit signe que oui.

— Laisse-moi voir ta main.

La paume était rouge et gonflée. Par endroits, la peau était partie, laissant apparaître des plaies suintantes, ou bien carrément carbonisée, là où la graisse brûlante avait touché la paume. Chelsea détourna les yeux, au bord de la nausée. Ce n'était vraiment pas beau à voir.

— Ça a l'air assez grave, parvint-elle à dire.

À sa surprise, il se leva.

— Mais non, je crois que je vais y aller, marmonna-t-il sans lui accorder un regard.

— Non ! s'écria-t-elle avec véhémence.

Il se tourna vers elle d'un air soupçonneux.

— L'ambulance va arriver d'une minute à l'autre. Tu dois te faire soigner. C'est une méchante brûlure.

Il tituba en direction de la porte.

— Non, ça va aller. Je vais rentrer mettre un pansement.

— À mon avis, ce n'est vraiment pas une bonne idée...

Elle devait le retenir par tous les moyens. Ce type était un dangereux criminel. Elle n'avait pas le droit de le laisser s'échapper.

— Attends, je te sers un Coca, dit-elle en glissant un gobelet sous le distributeur de soda.

— Un Coca gratuit ? C'est mon jour de chance, dit-il avec un ricanement.

Un hurlement de sirène retentit au loin. Dépêchez-vous, supplia intérieurement Chelsea. Dépêchez-vous !

— Tiens...

Elle lui tendit le gobelet. Il se leva.

— Il faut que j'y aille, répondit-il en essuyant son front baigné de sueur avec la manche de son bras valide. J'ai la tête qui tourne. Il faut que je rentre m'allonger.

— C'est le choc, dit Chelsea. Assois-toi, Sparks, ce n'est pas raisonnable de rentrer dans ton état.

Pourquoi est-ce qu'il leur faut si longtemps ? se demanda-t-elle, folle d'angoisse.

— Tiens, bois. Ça va te faire du bien.

Cette fois, il accepta le Coca.

— Tu sais, tout à l'heure, c'était juste pour rigoler. Je faisais l'idiot, c'est tout.

— Je sais, murmura-t-elle, les yeux rivés sur le carrelage.

Plus vite, plus vite, suppliait-elle.

— J'ai descendu quelques bières avant de venir, mais…

À cet instant, la porte du café s'ouvrit à la volée et deux infirmiers firent irruption avec une civière.

— Où est le blessé ? demanda un grand rouquin dégingandé. C'est vous ?

Sparks posa son gobelet avec précaution sur le comptoir, puis se tourna vers l'infirmier.

— Je me suis brûlé, expliqua-t-il en montrant sa main.

— Comment vous êtes-vous fait ça ? s'enquit le deuxième, visiblement impressionné par la blessure.

— Vous pouvez marcher ? demanda le rouquin.

Sparks fit oui de la tête.

— On vous emmène à l'hôpital.

— Attendez, intervint Chelsea.

Que faisait donc l'agent du FBI ? Elle ne pouvait pas laisser Sparks partir comme ça avec eux.

À son grand soulagement, un homme vêtu d'un long imperméable noir apparut sur le seuil.

— Agent Forrest, se présenta-t-il en brandissant son insigne. Ça va ? demanda-t-il à Chelsea en jetant un regard à la ronde.

— Oui, mais je suis contente que vous soyez là.

— Qui c'est ? demanda Sparks en se tournant vers elle, l'air groggy.

— J'accompagne ce garçon à l'hôpital, annonça le policier aux infirmiers en rempochant son insigne. Agent Forrest, FBI, dit-il à Sparks. J'ai quelques questions à vous poser.

— Qu'est-ce qui se passe ? demanda Sparks qui lança un regard accusateur à Chelsea.

Elle détourna les yeux.

Forrest posa une main ferme sur l'épaule du garçon.

— Venez faire soigner votre main. Après, on aura une petite conversation.

— Qu'est-ce que j'ai fait ? Ça veut dire quoi, ce cirque ?

Il protestait encore quand les deux infirmiers l'entraînèrent vers l'ambulance, suivis par le policier. Celui-ci se retourna sur le seuil.

— Vous êtes sûre que ça va ?

Chelsea hocha la tête.

— Vous voulez que je reste un peu ?

— Non, ça va aller, merci. Je vais me dépêcher de fermer et rentrer tout droit à la maison.

— Nous vous recontacterons pour votre déposition.

L'agent fédéral referma la porte.

Chelsea poussa un énorme soupir et s'adossa contre le comptoir. Soudain, elle entendit du bruit dans la cuisine.

— Qui est là ? cria-t-elle, affolée.

Ernie glissa la tête par le passe-plats.

— Qu'est-ce qu'il y a ici ?

— Ernie, où étiez-vous passé ?

Il désigna du menton la porte qui donnait sur la ruelle.

— Je suis tombé sur un pote en fumant ma cigarette. On a papoté un peu. On ferme ?

— Oui, partons d'ici, répondit Chelsea en soupirant.

Il ne leur fallut pas longtemps pour tout mettre en ordre. Ernie vint lui dire bonsoir et partit avec un sachet de poulet rôti qui restait.

Chelsea le regarda s'en aller et commença à éteindre les lumières. Depuis l'arrestation de Sparks, sa peur s'était apaisée, mais son cœur battait encore à toute vitesse et elle n'arrêtait pas de frissonner.

Soudain, elle poussa un cri. Quelqu'un venait d'entrer sans bruit. Une silhouette se dessinait en ombre chinoise sur le seuil. Elle mit plusieurs secondes à reconnaître qui c'était.

— Will !

Il s'avança vers elle avec un sourire timide.

— Désolé d'être en retard.

— Oh, Will, je suis si contente de te voir ! s'écria Chelsea qui sortit de derrière le comptoir et lui sauta au cou.

La stupéfaction qui se peignit sur le visage du garçon eut tôt fait de disparaître. Il la serra dans ses bras, amusé par ces effusions.

— Moi aussi, je suis content de te voir.

Prépare-toi à mourir, Chelsea, se dit-il en respirant ses cheveux. L'odeur de graillon lui souleva le cœur.

17

Assis à côté de Chelsea sur le canapé, Will avait toutes les peines du monde à ne pas éclater de rire. Il devait presque se retenir de faire des bonds sur les coussins en poussant des cris de joie.

Cette gourde avait livré le mauvais bonhomme aux Fédéraux !

Il avait du mal à en croire ses oreilles et, pourtant, c'était vrai : il avait eu droit à tous les détails sur ce pauvre mec qui avait essayé d'agresser Chelsea. Et maintenant elle n'arrêtait pas de la ramener avec sa peur bleue et son soulagement quand elle l'avait vu arriver. Quelle bonne blague !

Si elle savait...

Ils étaient seuls chez elle. Sa mère était de garde toute la nuit. Et son père était encore à l'hôpital. Parfait, il n'aurait pas pu demander mieux.

Dommage qu'elle doive y passer. Il l'aimait bien celle-là aussi. Enfin... un peu.

Mais ça ne servait à rien de s'intéresser aux filles. Elles ne le méritaient pas. Ni elle ni les autres. Elles étaient tout juste bonnes à vous plaquer tôt ou tard. Comme sa mère.

Je ne t'oublierai jamais, maman, se jura-t-il. Un jour ou l'autre, je te retrouverai.

Chelsea continuait de jacasser avec excitation à ses côtés, serrant une main dans la sienne. De l'autre, il vérifia que la cordelette était bien dans la poche arrière de son jean. Parfait. Il n'avait plus qu'à attendre le moment propice.

Une pensée soudaine vint assombrir sa bonne humeur. Les Fédéraux. Il ne leur faudrait pas longtemps pour piger que le pauvre type dénoncé par Chelsea n'était pas le bon. Et alors ils reprendraient leur traque.

Les sourcils froncés, il s'efforça d'occulter les bavardages agaçants de la fille. Jusqu'à présent, il avait toujours réussi à garder une courte avance sur eux. Mais cette fois, ils étaient sur ses talons. L'un d'eux était même déjà venu dans cette maison.

Et lui perdait son temps à écouter cette fille parler pour ne rien dire.

— Tu as l'air préoccupé, remarqua-t-elle soudain. Arrête de faire cette tête, Will. Je suis en sécurité maintenant.

Décidément, cette fille était impayable.

— C'est tellement gentil de te faire du souci pour moi, dit-elle en l'embrassant sur la joue.

— C'est juste que... tu as eu vraiment chaud, répondit-il en parvenant à garder son sérieux.

Bon, il avait assez traîné dans le coin. Il était temps d'en finir.

— J'ai un aveu à te faire, lui dit soudain Chelsea.

Elle le regarda sans un mot, attendant visiblement qu'il lui demande de quoi il s'agissait.

— Quoi donc ?

— Je n'aurais pas dû, je sais, continua-t-elle d'une voix timide. On avait dit que ça devait rester secret et tout ça, mais... (Elle prit son courage à deux mains et se lança :) J'ai parlé de toi à ma copine Nina.

Will réussit l'exploit de rester imperturbable. Pas un tressaillement, pas un battement de cil. Rien. Et pourtant, ce n'était pas l'envie qui lui manquait de lui balancer une claque magistrale. Comment cette garce avait-elle osé lui faire un coup pareil ?

Tout marchait si bien. Grâce à elle, le FBI était sur une fausse piste et il était sur le point de lui montrer l'énorme bourde qu'elle avait commise. Pourquoi avait-elle tout gâché ?

Elle le regardait, attendant sa réaction avec une pointe d'appréhension. Il resta de marbre. Il devait réfléchir et vite.

Soudain, le déclic se fit.

C'était simple comme bonjour. Il allait les tuer toutes les deux.

18

Will est tellement gentil, songea Chelsea, attendrie. Je vois bien que mon histoire l'a tout retourné. Il m'aime vraiment. C'était ce qui l'avait décidée à tout lui dire à propos de Nina.

À son grand soulagement, il n'avait pas l'air fâché du tout. Il avait les joues rouges, comme d'habitude, mais son regard était chaleureux et il serrait toujours sa main dans la sienne.

— J'aimerais bien rencontrer ta copine, dit-il

d'une voix calme. C'est difficile de se faire des amis dans cette ville, tu ne trouves pas ? Tout le monde a l'air de se connaître depuis la maternelle. Pas évident de s'intégrer dans un groupe.

— Je connais ça, moi aussi. Jusqu'à présent, je n'ai que Nina comme amie. Les autres filles ont l'air de s'être donné le mot pour me snober.

Will lui lâcha la main et se pencha en avant.

— Et si tu demandais à Nina de passer ? Ça serait plus sympa de la rencontrer ici qu'au lycée.

— D'accord.

C'était une excellente idée. Et l'occasion de frimer un peu avec Will devant Nina. De lui montrer qu'elle n'était pas la seule à savoir s'y prendre avec les garçons.

— Je vais l'appeler. Tu veux un Coca ?

— Ouais, bonne idée, fit Will avec un grand sourire.

Chelsea se rendit à la cuisine. Elle trouvait un peu bizarre que Will n'ait pas plutôt envie de rester seul avec elle, mais d'un autre côté elle était contente qu'il veuille rencontrer sa meilleure amie. Pour une fois, c'était Nina qui tiendrait la chandelle. Une perspective qui la réjouissait au plus haut point.

Nina décrocha dès la première sonnerie.

— Ça te dirait de venir chez moi maintenant ? lui annonça Chelsea à brûle-pourpoint. Il y a quelqu'un qui voudrait bien te rencontrer.

— Le copain invisible ? s'exclama Nina.

— En personne. Il meurt d'envie de te connaître et puis j'ai une histoire incroyable à te raconter. Tu ne vas pas en croire tes oreilles. Alors, tu viens ?

— Apparemment, tu ne me laisses pas vraiment le choix, répondit Nina en riant. Tu es sûre que ça va, Chelsea ? Tu as l'air bizarre.

— J'ai eu une soirée mouvementée. Je te raconterai tout à l'heure. Tu te dépêches, hein ?

— J'arrive tout de suite, lui assura Nina avant de raccrocher.

Chelsea sortit deux Cocas du réfrigérateur et allait retourner dans le salon quand le téléphone sonna. Elle posa les canettes sur le plan de travail et décrocha.

— Allô ?

— Chelsea Richards ? Agent Martin, du FBI.

— Oh, bonsoir. Je ne m'attendais pas à...

— Tim Sparks n'est pas le garçon que nous recherchons, mademoiselle Richards, la coupa le policier.

— Quoi ?

Chelsea faillit en lâcher le combiné.

— Il y a erreur sur la personne. Ce garçon répond au signalement, mais ce n'est pas notre suspect.

Chelsea ne savait plus quoi dire.

— Tim Sparks a été hospitalisé, continua Martin. Sa main est bien amochée. Et il semble encore sous le choc.

— Je... je suis désolée, balbutia Chelsea, complètement déboussolée.

Elle s'était avancée jusqu'à la porte du vestibule, tirant le plus possible sur le cordon du téléphone. Elle jeta un coup d'œil dans le salon et vit Will qui marchait de long en large avec nervosité. Il avait une drôle de lueur dans le regard et, entre ses poings crispés, il tenait une cordelette qu'il tendait convulsivement.

Chelsea faillit pousser un cri.

— Oh, mon Dieu...

— Que se passe-t-il, mademoiselle Richards ?

— Il est là ! Et je suis toute seule avec lui ! murmura-t-elle dans le combiné.

Elle jeta un dernier regard à Will qui arpentait toujours le salon comme un lion en cage. Puis elle se réfugia dans la cuisine.

— Qui ça, « il » ? demanda le policier, alarmé.

— Un garçon que j'ai rencontré au lycée, un nouveau, expliqua Chelsea à toute vitesse, les yeux rivés sur la porte, terrifiée à l'idée que Will ne commence à se poser des questions et vienne voir ce qu'elle fabriquait. Le criminel que vous cherchez... il est ici, chez moi. Il s'appelle Will Blakely.

Elle se lança dans une description un peu décousue.

— Ça correspond, l'interrompit Martin avec gravité.

— Oh non..., gémit Chelsea, prise de vertige.

Elle dut s'agripper au plan de travail pour ne pas tomber.

— Qu'est-ce que je dois faire ?

— Éloignez-vous de lui immédiatement, lui ordonna l'agent fédéral. Posez le téléphone et partez. Nous arrivons d'ici une dizaine de minutes.

— Mais...

— Ne discutez pas ! Sortez de chez vous immédiatement !

La communication fut coupée.

Chelsea raccrocha d'une main tremblante. La tête lui tournait encore. Elle avait l'impression d'être sur un bateau. Surtout ne pas paniquer. Ne pas perdre son sang-froid. Elle tendit l'oreille. Will était toujours dans le salon. Elle entendait ses pas faire grincer le plancher.

Dépêche-toi, fiche le camp ! s'ordonna-t-elle en fonçant vers la porte de la cuisine. Elle se retrouva dehors dans le froid et l'obscurité. Que faire ? Où aller ?

Soudain, elle se souvint de Nina. Son amie était en route. Elle allait arriver d'une minute à l'autre ! Il faut que je la prévienne, se dit-elle, folle d'angoisse. Je ne peux pas la laisser venir chez moi !

Elle contourna le pignon en courant et dévala l'allée le plus vite qu'elle put. Ses tennis résonnaient lourdement sur l'asphalte.

Soudain, elle se pétrifia en poussant un hurlement d'horreur. Une silhouette sombre se dressait devant elle dans l'allée. C'était Will. Il lui barrait l'accès au portail.

19

— Alors, Chelsea, où est-ce que tu cours comme ça ? demanda Will d'un ton qui ne laissait rien présager de bon.

Elle le regarda sans rien dire, les mains sur les hanches, le souffle court. Pas la peine d'inventer une excuse bidon, se dit-elle. De toute façon, il ne me croira pas.

Le silence se prolongea, lourd d'angoisse.

— Tu veux pas répondre, tant pis, fit Will avec un haussement d'épaules. Viens, on rentre. Notre petite soirée en amoureux n'est pas encore terminée.

Chelsea recula en secouant la tête.

— Pas question ! Je sais qui tu es ! Laisse-moi tranquille !

Il fallait à tout prix qu'elle s'enfuie, qu'elle se réfugie chez des voisins. Mais comment s'échapper, avec Will qui lui bloquait le passage ? Si seulement la police arrivait... Elle priait de toutes ses forces pour voir des phares apparaître au bout de la rue, les agents du FBI faire irruption dans son allée...

Mais Fear Street était plongée dans l'obscurité. Et seul le grincement sinistre des branches dans le vent rompait le silence.

— Demi-tour, Chelsea, on retourne à la maison, dit Will avec un calme qui lui glaça le sang. On va discuter deux minutes.

— Non !

Elle s'élança vers la rue, prête à jouer le tout pour le tout. Avec un cri bestial, Will se jeta sur elle et la plaqua à terre. Elle hurla de terreur. Son front heurta violemment le sol. À califourchon sur son dos, il glissa la cordelette autour de son cou et serra.

Dans un effort désespéré pour se libérer, Chelsea parvint à se retourner sur le dos. Les yeux exorbités, elle se débattit de toutes ses forces, mais rien n'y fit. Will la clouait au sol et lui serrait sans pitié la cordelette autour de la gorge.

Très vite, elle cessa de lutter. Un dernier râle et ce fut fini.

Ça y est, songea Will. Il insista encore un peu, juste histoire de s'assurer qu'elle était bien morte. Celle-ci ne lui avait pas beaucoup résisté. Un jeu d'enfant.

Il enroula la cordelette autour de ses doigts, la fourra dans la poche de son jean et se releva, grisé par la délicieuse exaltation qui s'emparait de lui à chaque nouvelle victoire.

Il la savoura quelques secondes, puis se souvint que sa mission n'était pas encore terminée. Il y avait encore l'autre, Nina. Mais il devrait faire vite. Le FBI était sur ses talons. Il allait régler son compte à la copine vite fait, bien fait et, après, il quitterait Shadyside sans traîner.

Bizarre, songea-t-il. D'habitude, il connaissait les filles qu'il s'apprêtait à tuer. Il sortait au moins une fois avec. C'était le rituel. Mais là, il n'avait pas le choix. La prochaine fois, il se montrerait plus prudent. Il choisirait une fille encore plus solitaire que Chelsea Richards.

Après un regard inquiet en direction du portail, il entreprit de la tirer par les bras vers la maison.

Nina allait bientôt arriver, et pas question de laisser Chelsea gâcher la fête. Il traîna le corps sur la pelouse en poussant des grognements d'effort. Il aurait pu en choisir une plus légère !

Enfin parvenu jusqu'au pignon, il dissimula le cadavre derrière des buissons. Tout marche comme sur des roulettes, jubila-t-il après s'être assuré qu'on ne voyait rien de l'allée.

Soudain, des phares balayèrent la rue. Une voiture approchait. Il disparut dans l'obscurité du pignon et contourna la maison, tandis que la voiture remontait l'allée. Il passa par la porte de la cuisine, restée grande ouverte.

Il eut tout juste le temps de s'assurer que la cordelette était toujours dans sa poche et d'essuyer du bras la sueur qui lui mouillait le front. À l'instant où il entrait dans le vestibule, on frappa à la porte d'entrée.

20

— Qui est là ? demanda Will, la main sur le bouton de porte en laiton.

— Nina.

Il lui ouvrit.

— Salut, fit-il avec un grand sourire.

La fille qui se tenait sur le seuil était très mignonne. Petite et menue, elle avait un visage rieur et des cheveux blonds raides coupés en carré court.

Pas du tout son type.

Tant pis, il n'avait pas le choix.

— Tu es Will, c'est ça ? demanda-t-elle en souriant aussi.

Il hocha timidement la tête et s'effaça pour la

laisser entrer. Nina jeta un coup d'œil dans le salon.

— Où est Chelsea ?

— En haut, elle arrive.

En refermant la porte d'entrée, Will s'assura que tout était calme dans la rue. Il n'y avait pas un chat dehors et pas de phares en vue. Parfait.

Il sortit la cordelette de sa poche. Inutile de perdre du temps en salamalecs. Autant en finir tout de suite. Pourquoi pas dans le vestibule ?

Mais Nina était déjà dans le salon. Elle se débarrassa de son anorak bleu et se laissa tomber dans le fauteuil qui faisait face au canapé. Elle replia ses jambes sous elle. Avec coquetterie, elle se recoiffa du bout des doigts et arrangea le sweat-shirt trop ample qu'elle portait sur son jean noir.

Will entra dans le salon.

— Alors comme ça, tu es en étude avec Chelsea ? lui demanda-t-elle en se tournant vers lui.

— Ouais, fit-il en hochant la tête.

Il avait prévu d'approcher du fauteuil comme si de rien n'était et de l'étrangler par-derrière. Mais elle n'arrêtait pas de le suivre des yeux avec curiosité. Il détestait quand les filles le regardaient comme ça. Il avait l'impression d'être un cobaye ou un animal de foire.

— Chelsea m'a beaucoup parlé de toi, continua Nina avec entrain.

Je sais, songea Will cyniquement. C'est justement pour ça que tu dois y passer.

— Elle m'a aussi parlé de toi, répondit-il d'une

voix timide. Vous êtes copines depuis longtemps, toutes les deux ?

Il cherchait à gagner du temps. Comment allait-il donc s'y prendre pour la coincer ?

— Pas très, répondit Nina. Chelsea n'est ici que depuis la rentrée.

Il sentit ses joues s'empourprer.

— C'est vrai. En fait, moi aussi.

— Tu fais de la muscu ? demanda-t-elle en regardant ses bras.

— Un peu.

— Dans un club ?

— Quand j'en ai l'occasion, ça me plaît bien, répondit-il, sincère. J'aime bien transpirer, me dépenser.

— Ça se voit, répondit Nina en s'installant plus confortablement. Tu as l'air drôlement costaud.

Tu vas t'en rendre compte par toi-même dans très peu de temps, songea-t-il avec cruauté.

Soudain, un bruit de moteur résonna dans la rue. Will se précipita vers la fenêtre avec un pincement d'angoisse et entrebâilla le rideau. Un vieux break bringuebalant passa dans un bruit de casserole.

— Qu'est-ce qui se passe ? demanda Nina.

— Rien, rien...

Il réalisa qu'il était derrière la fille maintenant. Le fauteuil tournait le dos à la fenêtre. Il sortit la cordelette, la tendit entre ses mains et s'approcha sans bruit...

Nina se tourna brusquement vers lui. Il lâcha la cordelette.

— Je devrais peut-être aller voir ce que fait Chelsea, dit-elle en dépliant ses jambes.

Will se baissa et ramassa son indispensable accessoire.

— Pas la peine. Elle a dit qu'elle en avait pour une minute.

Nina se leva et alla s'asseoir à un bout du canapé.

— On ne le dirait pas, mais ce fauteuil est hyperinconfortable, dit-elle avec une grimace.

Will jeta un coup d'œil inquiet par la fenêtre. Tout était calme.

— Assieds-toi, tu me rends nerveuse, dit Nina en lui souriant.

Il contourna le fauteuil et s'assit sur le bord.

— Tu vois ce que je veux dire ? Assieds-toi au fond, sinon tu ne te rendras pas bien compte.

Il s'exécuta docilement.

Cette fille me fait perdre mon temps, pensa-t-il avec agacement. Il faut en finir. Je dois partir d'ici le plus vite possible.

— Eh, Chelsea ! cria Nina. Qu'est-ce que tu fabriques ?

Pas de réponse, évidemment. L'image du corps sans vie de Chelsea, les yeux exorbités, s'imposa dans l'esprit de Will. Ça avait été si facile...

Pourquoi Nina lui causait-elle autant de souci ?

— Chelsea ! cria à nouveau Nina en direction de l'escalier au fond du vestibule. (Elle se tourna vers Will :) Tu es sûr qu'elle va bien ?

— Évidemment, pourquoi ? Ah oui, c'est vrai ! fit-il soudain avec un claquement de doigts. Elle est sortie.

— Sortie ? répéta Nina avec étonnement.

— Ouais, elle est sortie acheter des glaces.

— Mais il fait un froid de canard. Et Chelsea n'aime pas les glaces, objecta Nina, de plus en plus intriguée.

— Elle s'est dit que ça te ferait plaisir, répondit Will qui sentait la sueur perler sur son front.

— C'est bizarre, où veut-elle trouver des glaces dans le quartier à cette heure-ci ?

Will répondit d'un haussement d'épaules.

Cette fois, il en avait marre. Elle lui avait fait perdre assez de temps comme ça. Il avait espéré lui régler son compte sans qu'elle se mette à hurler, mais il lui faudrait faire avec.

Il se leva d'un bond, la cordelette tendue entre ses poings.

— Qu'est-ce qui te prend ? s'exclama Nina qui se recroquevilla sur le canapé, les yeux écarquillés par la peur.

En guise de réponse, Will se jeta sur elle et la plaqua contre les coussins. Nina se débattit en hurlant, à grand renfort de coups de pied et de poing, mais rien n'y fit. Il était bien plus fort qu'elle. D'un geste assuré, il lui passa la cordelette par-dessus la tête.

Mais à la seconde où elle se resserrait autour de la gorge de Nina, cette dernière lui décocha un coup de genou magistral à la poitrine. Will en lâcha son arme. Le souffle coupé, il tituba en arrière.

Nina en profita pour s'échapper en hurlant.

Il détestait quand elles braillaient. Il détestait

quand elles lui donnaient tant de mal. Il allait lui montrer à qui elle avait affaire.

Dans sa fuite éperdue, Nina sauta par-dessus la table basse et courut vers la porte. Sur ses talons, Will attrapa au passage un gros vase de céramique.

Nina se retourna sur le seuil, haletante.

— Pourquoi fais-tu ça ? demanda-t-elle dans un souffle rauque, les yeux rivés sur le vase.

— Pas le choix.

— Où est Chelsea ? Tu l'as tuée ?

Il hocha la tête. À quoi bon lui mentir ?

— Chelsea ! hurla Nina. Chelsea, non !

Will s'élança vers elle. Terrifiée, elle dérapa sur le plancher du vestibule et courut vers la cuisine.

Elle n'avait pas le droit de s'enfuir. Si elle ouvrait la porte de derrière, elle ameuterait tout le quartier avec ses hurlements. Et ça, il ne pouvait pas se le permettre. Pourquoi est-ce qu'elle ne voulait pas comprendre ?

— Au secours ! Aidez-moi ! hurlait-elle à pleins poumons.

Will la rattrapa sur le seuil de la cuisine. Il l'agrippa par les épaules et la poussa avec force. Elle perdit l'équilibre et heurta violemment le plan de travail.

À moitié assommée, Nina essaya de reprendre ses esprits, mais il ne lui en laissa pas le temps. Il la coinça de tout son poids. Arc-boutée contre le plan de travail, elle tenta de le repousser avec l'énergie du désespoir.

Le vase s'abattit sur sa nuque.

Elle poussa un gémissement et s'effondra à genoux. Sans perdre une seconde, Will se pencha sur elle pour l'achever.

21

Soudain, on le tira en arrière. Pris par surprise, il perdit l'équilibre. Son agresseur revint à la charge et le poussa violemment. Il se cogna au mur. Interloqué, il fit volte-face.

Ses yeux noirs s'écarquillèrent de terreur. Abasourdi, il s'adossa au mur.

— Chelsea ?

Debout près de Nina qui gisait sans connaissance sur le carrelage, Chelsea le regardait d'un œil haineux. Elle avait des brindilles et des feuilles mortes dans les cheveux. Son jean était maculé de boue.

— Je t'ai tuée ! s'écria Will, le dos toujours plaqué contre le mur, levant un bras devant son visage, comme pour se protéger. Tu es morte ! Tu es morte !

Il l'avait étranglée comme toutes les autres, le sillon rouge autour de son cou en était la preuve !

— Je suis revenue, fit Chelsea d'une voix rauque, lourde de menace.

Une rage soudaine s'empara de lui. Il se rua sur elle.

— Tu es morte, je te dis !

Il la ceintura. Chelsea était bien réelle. Il n'avait pas affaire à un fantôme, comme il l'avait cru un instant. Il la renversa par terre et ils luttèrent près de Nina qui revenait lentement à elle en gémissant.

La rage avait décuplé les forces de Chelsea. Elle se débattit comme un beau diable et parvint à se dégager. Elle se précipita en chancelant vers l'évier.

Will se releva d'un bond et s'arrêta net.

Chelsea brandissait un grand couteau de cuisine qu'elle venait de prendre sur le plan de travail. Elle fonça sur lui en hurlant, bien décidée à le lui planter en pleine poitrine.

Il esquiva le coup avec souplesse et lui flanqua un grand coup de pied dans la main. Le couteau voltigea, heurta le mur et alla tomber aux pieds de Will.

Chelsea se tenait la main en grimaçant. Une douleur fulgurante lui paralysait le bras et irradiait jusqu'à son épaule.

Will ramassa le couteau.

— Cette fois, je vais te tuer pour de bon, dit-il avec un rictus mauvais.

Les doigts crispés sur le manche, il s'arracha au mur et avança lentement vers Chelsea. Elle lui fit face sans bouger.

— Tu ne peux pas me tuer une deuxième fois, lui dit-elle d'une voix calme, presque ironique. Je suis déjà morte, tu te souviens ?

— Tu mens ! cria-t-il, déstabilisé.

Soudain, il réalisa qu'elle regardait par-dessus son épaule. Il fit volte-face vers la porte. Trop tard ! Deux hommes en imperméables noirs firent irruption dans la cuisine, armes au poing.

— FBI, lâchez ce couteau ! ordonna l'agent Martin en le mettant en joue.

— Je... l'ai déjà... tuée, bafouilla Will en lâchant son arme.

Martin le maîtrisa sans rencontrer de résistance tandis que son collègue aidait Nina à se relever.

— Ça va ?

Elle hocha faiblement la tête et se massa la nuque, encore étourdie.

— Et vous ? demanda-t-il en se tournant vers Chelsea.

— C'était moins une, mais je vais bien.

— Je l'ai déjà tuée, ne cessait de marmonner Will, les yeux dans le vague, le teint livide sous le néon de la cuisine.

— Tais-toi, tu vas avoir l'occasion de nous parler de tout ça plus tard, dit le policier en lui passant les menottes. Que s'est-il passé ? demanda-t-il à Chelsea. Vous êtes en état de parler ?

Elle se laissa tomber sur un tabouret.

— Je crois, oui. Il m'a coincée dehors dans l'allée. Il avait dû m'entendre vous parler au téléphone. Il a essayé de m'étrangler. Avec ça, ajouta-t-elle, désignant la cordelette sur le carrelage.

— Je l'ai *vraiment* étranglée ! Je l'ai tuée, j'en suis sûr ! s'exclama Will.

— Je ne suis pas aussi stupide que tu crois, lui répondit Chelsea. J'ai juste fait semblant d'être morte. C'était le seul moyen pour que tu arrêtes.

— Mais j'ai vérifié, insista Will, effaré. Tu ne respirais plus, j'en suis sûr !

— Je joue du saxophone. Ça augmente beaucoup la capacité pulmonaire. Je peux rester sans respirer pendant quatre minutes. J'étais terrifiée, continua-t-elle à l'adresse des policiers. J'ai fait les yeux blancs et je me suis effondrée en retenant mon souffle. Ça a marché.

— Et après ? demanda Nina, sidérée.

— J'ai essayé de me lever, mais j'ai dû perdre connaissance. J'avais eu une telle frousse. Quand je suis revenue à moi, je t'ai entendue crier dans la maison. Je me suis précipitée.

Nina serra son amie avec effusion dans ses bras.

— Je ne me moquerai plus jamais de ton saxophone, promis, lui dit-elle avec reconnaissance.

* * *

— Je suis venue m'excuser, dit Chelsea, le dos raide sur sa chaise, essayant d'oublier l'odeur de désinfectant qui lui agressait les narines.

— Moi aussi, je te dois des excuses, répondit Sparks, assis dans son lit d'hôpital, le bras enveloppé d'un épais bandage.

Ils se sourirent, mal à l'aise.

— Bref, on est tous les deux désolés, dit le garçon en souriant.

Une infirmière entra d'un pas vif, vérifia la perfusion et ressortit sans un mot.

— C'est pour quoi, la perfusion ? demanda Chelsea avec une grimace.

— Des antibiotiques à ce que j'ai compris. La brûlure s'est infectée. Voilà pourquoi ils me gardent ici. Mais ce truc ne fait pas mal. Je ne sens même pas l'aiguille.

— Tant mieux, dit Chelsea qui se tortilla sur sa chaise et regarda par la fenêtre de la petite chambre. Je suis vraiment désolée, tu sais.

Les visites à l'hôpital la mettaient toujours mal à l'aise. Ces dernières semaines, elle y avait passé trop de temps à son goût.

— Non, c'est moi, insista Sparks en se grattant la tête de sa main valide avec un air embarrassé. J'avais descendu plusieurs bières ce soir-là alors que je ne bois jamais. Je ne sais pas ce qui m'a pris, continua-t-il en détournant les yeux. J'imagine que c'était pour me donner du courage. Je mérite ce qui m'est arrivé. Je ne voulais pas te faire peur comme ça. Ni ce soir-là ni les autres.

— Comment ai-je pu croire que tu étais un dangereux psychopathe ? Si tu savais comme je me sens coupable.

— Je n'ai jamais été entièrement honnête avec toi, avoua Sparks en la regardant à nouveau. En fait, je suis en fugue. Mes parents ne savent même pas où je suis. J'en avais marre de leurs disputes continuelles, alors je suis parti. C'est décidé, je vais reprendre l'école, ajouta-t-il avec un sourire. En cours du soir, quand j'aurai trouvé un boulot. Me retrouver tout seul m'a vraiment fichu la frousse, tu sais. C'est sans doute pour ça que j'avais un comportement un peu bizarre.

— Si tu veux mon avis, on était deux, reconnut Chelsea.

Sparks se redressa sur ses oreillers. Son visage s'éclaira.

— Et si on se retrouvait un jour *ailleurs* que dans ton restaurant quand je serai sorti d'ici ?

— Tu veux dire... toi et moi ?

Sparks hocha timidement la tête.

— Oui, à moins que ça t'embête.

Chelsea éclata de rire.

— Je ne crains pas grand-chose. Ça sera sûrement plus réussi que mon premier rendez-vous !

5575

Composition Interligne B-Liège
Achevé d'imprimer en Europe (Allemagne)
par Elsnerdruck à Berlin
le 24 août 2000.
Loi n° 49-956 du 16 juillet 1949
sur les publications destinées à la jeunesse.
Dépôt légal août 2000. ISBN 2-290-30329-1
1er dépôt légal dans la collection : mai 2000
Éditions J'ai lu
84, rue de Grenelle, 75007 Paris
Diffusion France et étranger : Flammarion